스타벅스로 가는 예수님

스타벅스로 가는 예수님

초판 1쇄 인쇄 | 2023년 11월 01일
초판 1쇄 발행 | 2023년 11월 07일

지은이 | 김진국
펴낸이 | 전상삼
펴낸곳 | 세상의아침
출판등록 | 제2002-126호 (2002. 6. 26)

주소 | 서울시 마포구 월드컵로29길 45-11
전화 | (02) 323-6114
팩스 | (02) 334-9108
이메일 | zzamzzamzzam@naver.com

ISBN 978-89-92713-15-3 03810

스타벅스로 가는 예수님

김진국

Jesus Who Goes to Starbucks

세상의 아침

■ 머리말

이 책은 예수와 열두 제자가 시공간을 초월하여 2천 년 후인 현재의 한국과 서울에 나타났을 때 벌어질 수 있는 일을 지은 이야기이다. 주인공 예수님, 조연 열두 제자, 엑스트라 서울시민이 벌어지는 현실 이야기다.

적응이 어려운 제자들 덕에 늘 골머리를 앓는다. 제자들은 문화의 차이 때문에 좌충우돌하는 모습을 보이는데, 인간의 본성과 나약함은 2,000년 전이나 지금이나 똑같다.

2천 년 전의 예수와 제자들을 현실로 데리고 온 것은 그들은 통해서 우리의 현재의 모습을 반추해 보려는 것이다. 예나 지금이나 인간이 살아가는 모습이 다소 차이가 있겠지만 근본에 있어서 크게 다르지 않다. 인간의 갈등과 내면의 문제도 다를 바가 없다. 하지만 그 본질적인 문제를 대하는 우리의 방식과 표정은 선택적 여지가 있을 것 같다.

그래서 진지하게 접근하지 않고 해학적으로 풀어가려 했다. 실제 예수도 그렇게 딱딱한 분이 아니실 것 같고, 제자들도 그때는 그렇게 잘나지 않았던 인간들이었을 것 같기 때문이다.

약 30년 전에 시스티나 성당의 천정에 그려진 미켈란젤로의 역작인 〈천지창조〉의 때를 제거하는 작업이 있었다. 약 5백 년 동안의 때를 벗겨내었을 때, 늘 우중충했던 천정화의 채색이 처음으로 그 모습을 드러냈을 때, 온 세계가 그 아름답고 화려한 채색에 놀랐던 적이 있다. 그처럼 이 책이 우리 관념의 묵은 때를 제거해 주는 역할을 할 수 있다면 더없이 기쁠 것 같다.

이 책 또한 묵은 때가 있다. 이 책은 약 20년 전에 두란노서원을 통해서 〈안녕하세요? 예수님〉이란 제목으로 발행했던 책을 재발간하는 책이다. 예수님의 말씀은 2,000년 전이나 지금이나 우리에겐 참인간으로 살아가는 교과서이다. 그 무렵 독자들의 리뷰를 기억에서 소환해 내며 이 책 〈스타벅스로 가는 예수님〉으로 다시 한번 이야기꽃을 피울 수 있을까? 하는 물음을 가져보았다. 예수님의 말씀의 책은 20년 후에 다시 나와도 될 것이다.

문학적 상상력을 제공해 주었던 예수님과 열두 제자에게 감사를 드리고 이 책을 출판해 준 도서출판 [세상의 아침]에 깊이 감사를 드린다.

| 차례 |

제 1 장 _살면서 가장 필요한 것은 진정한 쉼이다

제2장 _스타벅스로 가는 예수님

제3장 _최후의 만찬

제1장

살면서 가장 필요한 것은
진정한 쉼이다

01

살면서 가장 필요한 것은 진정한 쉼이다

예수님께서 제자들을 불러 모으시고 물으셨다.

"요즘 세상에서 가장 필요한 것이 무엇이냐?"

그 물음에 아무 생각 없이 사는 제자들은 "돈이다" 혹은 "기술이다" 등등 생각나는 대로 대답했다. 또 생각이 좀 있는 제자들은 요즘 세상에 가장 필요한 것은 "신뢰다" 혹은 "사랑이다" 등등의 정신적인 가치에 초점을 맞추어 대답했다. 정말 그렇게 믿기 때문에 대답한 말이 아니고 실상은 스승의 질문에 칭찬받을 만한 대답을 찾아보려는 속셈이었다.

그러나 뜻밖에도 예수님의 해답은 이러했다.

"그것은 쉼이다."

예상 밖의 대답에 제자들은 의아해했다. 이 세상이 얼마나 바쁘고 할 일도 많은데 크리스천들이 퇴보하

지 않으려면 세상보다 한 걸음 더 빨리 전진해야 할 것이 아닌가? 이렇게 제자들은 예수님의 대답에 반대 의견을 주장했다. 하지만 마음속으론 '지당하신 말씀'이라며 기립박수를 보내고 있었다. "왜 우리는 방학이 없냐?"고 따졌던 제자들이 아닌가!

물론 예수님은 제자들의 속셈을 알면서도 모르는 척하시며 과제를 내주셨다. 한 달 동안 현장학습을 통해 쉼을 경험하며 보고서를 작성해오는 것이다. 가장 잘 쉰 사람에게는 푸짐한 상도 주신다고 하셨다.

제자들은, 살다 보니 이렇게 신나는 일도 있다며 입이 귀까지 찢어지게 벌어졌다.

의심이 많던 도마는 "예수님, 이건 분명 학습이지 방학이 아니죠?" 하고 짚고 넘어갔다. 그런가 하면 감성 풍부한 베드로는 감격의 눈물을 흘리고 있었다. 그런데 야고보만 유독 심각한 표정을 짓고 있어 예수님이 왜 그러냐고 물으셨다. 그러자 야고보는 "전 주님 곁에 있는 것이 쉬는 것입니다."라고 대답했고, 다른 제자들은 여느 때 같으면 아부 떠는 꼴을 보고 그냥 넘어가지 않았겠지만 깔깔대며 웃었다. 사실 야고보의 논조도 아부가 아니라 농담이었다.

한 달 후, 그들이 다시 모였을 때 제자들의 표정은 한 달 전처럼 그렇게 밝지 못했다. 그동안 어디를 갔었냐는 예수님의 물음에 제자들이 차례로 대답했다.

수제자인 베드로는 '푸른 초장'으로 갔다고 했다. 예리한 예수님의 직관으로 푸른 초장이 푸른색 당구대를 가리키는 은유적인 표현이라는 사실을 모르실 리 없었다. 들통났다. 하지만 예수님은 꾸짖진 않으셨다.

이어서 안드레는 '쉴만한 물가'로 갔다고 대답했다. 하지만 그것 역시 호프집에서 사우나탕으로 이어지는 코스라는 것이 들통났다.

한편, 늘 졸던 빌립은 눈알이 빨개져 있었는데 PC방에서 몇 날 밤을 새웠기 때문이었다. 나머지 제자들도 별다를 바 없었다. 비디오방, 만화방, 노래방, 오락실 등을 돌아다녔던 것이다.

"좋았겠다~"는 주님의 말씀에 제자들은 일제히 고개를 가로저었다. 이건 내숭이 아니고 진심이었다.

처음 며칠은 좋았는데 문제는 자금조달이었다. 제자들은 이구동성으로 불만을 토로했다. 요즘 세상의 문제점은 돈 없이는 쉴만한 곳이 없다는 것이다. 그래서 나머지 날들은 돈을 벌기 위해 쉬지 못한 제자들이 대부분이었고, 아니면 갖고 있는 물건을 팔거나 외상을 그어 빚만 잔뜩 진 것이었다. 그래서 다들 인상이 흐려 있었던 것이다.

살면서 가장 필요한 건 진정한 쉼이다. 어린아이처럼, 돈을 안 들이고도 해맑게 뛰어노는 것이다. 그런 어린아이처럼 되지 않으면 천국에 들어갈 수 없다. 노는 것도 연습이 필요하다. 또 진정한 쉼은 '소모'가 아니라 '창조를 위한 재충전'이라고 하시며 "나를 따라오너라. 내가 너희를 쉬게 하리라."고 하셨다.

제자들은 또 겟세마네 동산 같은 데로 가는 것 아닌가 싶어 은근히 걱정이 되었는데, 그들이 도착한 곳은 학교 운동장이었다. 그곳에선 이미 땀범벅이 된 학생 여섯 명이 반쪽 농구를 하고 있었고, 다른 한쪽에선 흙먼지를 일으키며 축구를 하고 있었다.

2천 년 전에는 상상하지도 못했던 여자 골키퍼도 눈에 띄었다. 저 멀리에는 선생님과 배드민턴을 치는 여학생도 보였고, 자전거를 타고 바람을 가르며 달리는 아이들도 있었다.

예수님이 말씀하셨다.

"저 아이들은 오늘 밤, 진정한 쉼을 맛볼 것이다."

이때 어디선가 '퍽' 소리가 들렸다.

여자 골키퍼에게 말 좀 붙여보려고 골대 근처를 서성거리던 베드로가 날아온 공에 맞은 것이었다.

02

크리스마스에 만난 부처님과 예수님

크리스마스이브였다. 백화점과 대형마트와 편의점에는 크리스마스를 알리는 각종 기획 상품이 쏟아져 나왔다. 거리에는 간간이 캐럴 송이 흘러나오고, 1년에 한 번씩 보게 되는 구세군 냄비가 성탄절 분위기를 연출해내고 있었다.

예수님과 열두 제자들은 이날도 여전히 복음을 전하기 위해 전략을 짜며 길을 걷고 있었다. 그때 두 다리가 없는 장애인이 길바닥을 기어가면서 찬송을 불렀다. "그 어린 주 예수 눌 자리 없어~" 예수님과 제자들은 그 사람 주변에 둘러앉았다. 불쌍하기도 하였지만 진기한 광경에 호기심이 발동해서였다. 걸인은 부르던 찬송을 그치고 놀란 눈으로 예수님 일행을 바라보았다.

그때 제자 요한이 베드로에게 말했다.

“베드로 형, 성전 미문에 앉아있던 앉은뱅이가 생각나지 않아? 그때처럼 여기서도 ‘나사렛 예수의 이름으로 일어나 걸어라’고 한 번 해봐.”

아닌 게 아니라 베드로도 그때 그 장면이 생각이 났다. 하지만 요한의 요청으로부터 빠져나갈 궁리를 하던 베드로가 그때와 달라진 상황을 겨우 발견하고 말했다.

“성전 미문의 앉은뱅이는 못 쓰는 다리라도 있었지만 이 사람은 아예 다리가 없잖아?”

곁에 있던 도마가 걸인에게 물었다.

“어린 예수가 누울 자리가 없었다는 걸 어떻게 아셨어요?”

걸인은 살다 살다 이런 질문은 또 처음 받아보았다.

“노래 가사가 그래요. 내가 어떻게 알겠어요?”

걸인은 돈통을 앞으로 내밀고 기어가려고 하는데 이번에는 빌립이 물었다.

“아저씨, 예수를 믿으세요?”

걸인은 그제서야 그들의 정체를 알았다는 듯이 “전도할 생각은 말아요. 영업 방해하지 말고 적선이나 하고 가시오.”라고 말했다.

유다가 예수님의 허락을 받고 돈을 걸인의 돈통에 넣으면서 물어보았다.

"저 그런데 말이죠, 요즘 무슨 날인데 사람들이 이렇게 들떠 있죠?"

걸인은 이상한 눈으로 쳐다보면서 말했다.

"크리스마스도 몰라요?"

"크리스마스가 또 뭡니까?"

걸인은 더 이상한 눈을 하고서 말했다.

"당신들 간첩이요? 예수님 태어난 날도 모른단 말이요?"

그 말을 듣고 제자들은 모두 감동했다. '언제 이 세상이 다 복음화가 되었단 말인가?' 또 유다가 물었다.

"그런데 간첩이 뭡니까?"

걸인은 질식할 것 같았다. 걸인이 외쳤다.

"오 마이 갓!"

제자들은 길을 비켜주었고, 걸인은 다음 곡으로 〈고요한 밤 거룩한 밤〉을 부르면서 지나갔다.

제자들은 걸인과의 만남에서 두 가지 사실을 깨달았다. 오늘이 바로 예수님 생일 전야라는 사실과 간첩의 뜻이 '오 마이 갓'이라는 것이었다. 물론 오해였다. 제자들은 한동안 요즘 사람들이 하나님을 간첩이라고 부르는 줄 알았다.

제자들은 예수님 생신을 축하하기 위해 어디로 갈까 고민하다가 그래도 예수님과 열두 제자인데 교회로 가야 할 것 같아서 예수님을 모시고 가까운 교회를 찾아갔다.

교회에서는 성탄 전야 축하예배를 드리고 있었고, 어린이들의 성탄 축하 발표회 행사가 진행되었다. 부모들은 자식들의 뽐을 살리기 위해 꽃다발을 사 들고 폰 카메라로 사진을 찍으며 요란을 떨었고 방송국에서도 나와 현장을 취재하고 있었다.

화장실을 간다며 먼저 나오신 예수님은 혼잣말을 하셨다.

"크리스마스가 나하고는 별로 상관이 없군."

그때 마침 교회 현관에 있던 한 사람이 예수님을 반갑게 맞이했다. 예수님을 계단에 앉으라고 권하고는 자신이 먹던 오징어 다리를 건넸다. 그러고 나서 그는 다정하게 말했다.

"괜찮아요. 세상이 다 그래요. 나도 좀 전에 들어갔다가 술 냄새 난다고 쫓겨났거든요. 자기들끼리 천당에 가겠다는데 누가 말려요. 나같이 직장에서 쫓겨나고 집에서도 쫓겨난 사람을 교회라고 받아주겠어요? 올 크리스마스는 진짜 썰렁해요. 그런데 댁은 무슨 일을 하시죠?"

예수님이 대답하셨다.

"난 예수요. 내가 무슨 일을 할 것 같소?"

그러자 그 술주정뱅이 부랑자는 큰소리로 웃더니 "당신이 예수님이면 난 부처님이다." 그러고는 노래를 불렀다. "예수님도 부처님도 아니 놀지는 못 하리라 차차차~"

예수님은 그를 불쌍히 여겨 그 영혼을 축복해 주시고 그 자리를 물러나 제자들과 다시 합류했다.

제자들은 예수님께 여쭈었다.

"어딜 다녀오세요?"

예수님이 말씀하셨다.

"부처님을 만나고 왔어."

제자들은 휘둥그레진 눈으로 일제히 말했다.

"오 마이 갓!"

그래서 제자들은 모두 예수님으로부터 크리스마스 카드 대신에 옐로카드를 받았다. 제자들은 자신의 경솔한 태도를 반성하면서도 예수님께 성탄 메시지를 부탁드렸다. 그러자 예수님께서는 요한에게 요한복음 1장 10절과 11절을 읽으라고 지시하셨다. 요한은 자기가 기록한 말씀이기에 능숙하게 읽었다. 다음과 같이 기록되어 있었다.

"말씀이 세상에 계셨고 세상이 이 말씀을 통하여 생겨났는데도 세상은 그분을 알아보지 못하였다. 그분이 자기 나라에 오셨지만 백성들은 그분을 맞아 주지 않았다."

숙연해진 제자들 틈에서 베드로가 말씀드렸다.

"주님, 그때나 지금이나 별로 다를 게 없군요."

예수님께서 말씀하셨다.

"다른 게 한 가지 있다. 베들레헴에서는 이런 걸 잘 못 볼 거야." 하시며 하늘을 가리키셨다.

제자들이 고개를 들고 밤하늘을 쳐다보았다. 흰 눈이 펑펑 쏟아지고 있었다. 그 함박눈은 다리 없는 걸인과 교회에서 쫓겨났던 노숙자에게도 쏟아졌다. 그리스도의 평화가 눈처럼 내릴 때 춥고 배고픈 자들은 그들 곁에 예수님이 잠시 머물렀던 것을 기억하지 못하였지만, 예수님은 분명히 그들 곁에 계셨다.

03

너희가 브랜드를 믿느냐?

지방 출장을 다녀온 예수님과 열두 제자는 옷 가게가 밀집한 지하상가를 지나가게 되었다.

10대 말에서 20대를 겨냥한 패션 상품들이 즐비하게 전시되어 있었다. 패션잡지만큼 빠른 유행의 옷들이 상품화되어 젊은 층을 유혹하고 있다는 것을 단번에 알아차릴 수 있었다.

제자들은 예수님께 단번에 알아차린 것이 있다고 보고를 드렸다. 무엇을 깨달았냐고 묻는 예수님의 질문에 제자들은 이렇게 대답했다.

"여기가 바로 현대의 우상들이 집결한 장소입니다. 저희들은 그것을 알아냈어요."

상가에 전시된 마네킹을 보고서 한 말이었다. 제자들은 전시장 안팎에 전시된 마네킹들을 심각하고 진지한 표정으로 관찰하고 있었다.

밑단이 땅바닥에까지 끌리는 청바지를 입고 볼륨을 강조하기 위해 엉덩이를 내밀고 있는 마네킹은 아예 상체가 없었다. 속옷만 입고 있는 어떤 마네킹은 머리와 팔과 다리가 잘려 나간 형상으로 진열대의 한 자리를 차지하고 있었다. 제자들의 눈에는 그것이 흉물스러웠다. 그런가 하면 어떤 마네킹은 얼굴의 상단 부분이 절단되어 있는 것도 있었다.

그들은 로마 제국에 있었던 우상들을 기억해냈다. 과거, 예수님 당시에 로마의 조형물들은 인간의 신체적인 조건들을 거의 완벽하게 갖추고 있었기에 마네킹보다 훨씬 매력적인 요소가 있었다고 생각하게 되었다.

온갖 형태의 마네킹을 유심히 관찰한 제자들은 현대와 고대의 우상에서 두 가지 큰 차이점을 발견해냈다. 첫째는 현대의 우상들은 조그마한 것일지라도 모두 실제 옷을 입고 있다는 점인데 그들은 그것을 더욱 가증스럽게 생각했다.

둘째는 신체의 일부분을 절단한 형태가 많다는 것이다. 그것은 인간의 잔혹함이 그대로 반영되었다는 해석을 내리고 제자들은 자신의 관찰력과 분석 능력에 대해 스스로 대견하게 생각하고 있었다.

도마가 다른 제자들에게 말했다.

"우리 이러고 있을 게 아니라 이제 직접 부딪혀서 우상 세력과 한판 승부를 가려야 하지 않겠어?"

그래서 제자들은 상점 안으로 우르르 몰려 들어갔다.

12명의 손님이 한꺼번에 옷 가게 안으로 들어오자 여직원이 몹시 당황해했다. 여직원은 우선 제자들의 패션에 질려버렸다. 장발에다 맨발, 그리고 옷은 거의 누더기와 담요 수준이었는데 염색 자체가 비현대적인 것을 금방 알아보았다. 머리띠나 허리띠도 투박하고 두꺼워 철물점 같은 데서나 구할 법한 것이라고 생각했다. 혹시 거지 집단일지도 모른다는 생각에 그 여직원은 덜덜 떨면서 핸드폰만 만지작거리고 있었다.

그래도 혹시 로또에 당첨되어 단체로 옷을 사러 왔나? 하는 생각에 신고도 못하고 있었다. 그때 마네킹을 만지고 있던 베드로가 먼저 말을 꺼냈다.

"아가씨는 이것을 믿습니까?"

도발적인 질문에 여직원은 깜짝 놀라며 이렇게 대답했다.

"그 옷은 믿을 만해요. 유명 브랜드니까요."

제자들은 일제히 말했다.

"오, 브랜드!"

그들은 그 우상의 이름이 브랜드라고 생각했다. 불 같은 성격의 베드로가 단검을 꺼내 브랜드의 팔을 내리쳤고, 마네킹의 팔은 단번에 이음새가 떨어져 바닥에 내동댕이쳐졌다. 여직원은 비명을 질렀고 밖에 서 계시던 예수님은 그 비명소리를 듣고 옷 가게 안으로 들어오셨다. 늘 말썽만 피우던 제자들이 이번에는 의로운 일을 했다는 듯이 떳떳하게 서 있었다.

예수님께서 베드로에게 물으셨다.

"무슨 일이냐?"

베드로는 자신 있게 대답했다.

"제가 브랜드를 물리쳤습니다."

예수님은 더 이상 말씀이 없으셨다. 말할 가치가 없었기에 한숨을 내쉬고는 마네킹의 팔을 주워 제자리에 끼워 붙였다. 그것은 마치 말고(요18:10; 베드로가 칼로 내리쳐서 대제사장의 종 말고의 귀를 자른 적이 있었고 예수님은 말고의 귀를 주워서 말고의 귀에 갖다 붙여준 적이 있었다.)의 귀를 붙였을 때처럼 아무런 흔적 없이 완벽하게 복원되었다.

밖으로 나와서 베드로는 예수님의 훈계를 들었다.

"내가 예전에도 말했지? 칼을 쓰는 자는 칼로 망한다고. 내가 원하면 천군 천사 12영(부대)도 부를 수 있다고. 그리고 그게 뭐냐? 이건 우상이 아니라 마네킹이라고 하는 거야. 도대체 아는 게 있어야지. 창피해서 너희들하고 같이 못 다니겠다."

도마가 말했다.

"아까 그 여자는 브랜드를 믿는다고 했는데…"

도마의 말이 화근이 되었다. 제자들은 마네킹 옆에서 손들고 단체로 벌을 서게 되었다.

예수님께서 말씀하시길 "현대의 우상은 눈에 보이지 않는다. 또한 손에 잡히지도 않는다. 왜냐하면 사람들의 생각과 마음속에 있기 때문이다. 이건 내가 너희들에게 벌써 두 번째 하는 얘기다."

제자들은 기억하고 있었다. 왜 모르겠는가? 광화문에서 이순신 장군 동상을 우상이라고 생각하고 함께 덤벼들었다가 경찰서에 갔다 온 사건을 그들도 또렷이 기억하고 있었지만, 단숨에 2천 년 동안의 간극을 뛰어넘어 사고 전환을 한다는 것이 쉽지 않았던 것이다. 제자들은 반대편 가게의 유리문에 비친 자신들의 모습을 보고는 키득키득 웃었다. 자신들이 자기를 봐도 달리 보였기 때문이다.

예수님은 제자들을 데리고 이내 상가를 빠져나가셨다. 제자들이 창피한 것도 모르니 벌을 서는 게 무슨 의미가 있겠는가? 그래도 예수님은 제자들을 포기하지 않으셨다. 왜냐하면 제자들이 믿을 만한 사람이라곤 예수님밖에 없듯이, 예수님도 믿을 사람이라곤 제자들밖에 없었기 때문이다.

04

그날이 언제일까?

한 해가 바뀌는 새해 첫날 예수님께서 제자들을 세상으로 보내시면서 방학 숙제로 말세의 징조를 살펴오라고 말씀하셨다. 제법 21세기 세상 물정을 익힌 제자들은 각계각층으로 흩어져서 숙제를 해왔다.

"말해 보아라."

그러자 도마가 먼저, 세계 각국에 산재한 핵시설과 핵확산금지조약에도 불구하고 은밀히 진행되고 있는 각국의 핵무기 개발로 인해 조만간에 지구는 멸망할 것이라고 보고했다.

그다음에는 유다가 세계무역기구의 조직과 노력에도 불구하고 세계 경제는 공황에 돌입할 것이며 그것이 식량 위기와 맞물려 조만간에 큰 난리가 날 것이라고 보고했다.

이번에는 안드레가 보고했다. 인간의 역사 이래로 지

난 20세기와 같은 과정이 없었다며 지난 1세기 동안 지구의 환경이 급속도로 파괴되어 이제는 회생하기 어려운 지경에 도달했다고 한다. 그에 대한 증거로 동식물들의 멸종과 환경 호르몬의 심각성에 대한 자료를 내놓았다. 인류도 곧 멸종하게 될 것이라는 주장이었다.

이번에는 야고보가 보고했다. 무엇보다도 세계는 인간의 죄악으로 인해 멸망을 초래할 것이라고 주장했다. 자식이 부모를 살해하고 이모가 조카를 유괴하는 등 범죄가 잔인하고 악독해서 위험 수위에 도달했다고 주장했다.

빌립은 자연 재난에 대해 조사를 해왔다. 해마다 심각해지고 있는 엘리뇨와 라니냐 현상으로 인해 해일과 홍수와 가뭄으로 지구가 병들어 가고 있으며 일본, 중국, 튀르키예, 대만, 남미 등에 발생한 지진을 상기시키며 북극의 빙산이 없어지고 해수면이 상승하는 등 인류의 발달한 문명으로도 대처할 수 없는 큰 재난이 잇따라 그것으로 인해 지구는 멸망할 것이라고 했다.

예수님은 제자들의 훌륭한 보고를 들으면서 그들을 칭찬해 주셨는데 여느 때와 달리 나서지 않고 아무 말도 없는 베드로에게 시선을 주시면서 말씀하셨다.

"베드로는?"

베드로는 그때까지 진땀을 흘리며 무엇을 보고드릴까 하고 궁리하던 차였다. 왜냐하면 다들 숙제하는 동안 유튜브를 보면서 판판이 놀았기 때문이었다.

그때 마침 번개처럼 베드로의 뇌를 스치는 단어가 있었다. '혜성!' 갑자기 베드로의 눈빛이 되살아나더니 심각한 표정을 지으면서 보고했다.

"주님, 지구는요 혜성과 충돌해서 멸망할 겁니다. 그건 현대과학으로도 해결할 수 없거든요. 63빌딩만한 운석이 하나만 떨어져도 지구는 끝장입니다. 계시록에 나오잖아요? 하늘에서 별이 떨어져 지구의 동식물이 1/3이 멸종당한다는 그런 구절이 있잖습니까?"

그러자 예수님 왈, "베드로, 너 할리우드 영화 보고 하는 말이지?"

베드로는 얼굴이 홍당무가 되어 한마디도 대답하지 못했다.

주님께서 물으셨다.

"그러면 너희들 생각에는 언제쯤 추수를 하는 것이 좋겠느냐?"

그러자 제자들은 지금 세상이 너무 악하기 때문에

지금 당장 해야 한다고 주장했다. 베드로가 깎인 체면을 세우기 위해 말씀드렸다.

"주님, 지금이야말로 각 대륙별로 불덩어리 하나씩 팍 떨어뜨리고, 믿는 자를 구원하러 재림하실 적절한 시기입니다. 그것 때문에 세상에 오신 것 아닌가요?"

예수님께서 답변하셨다.

"내가 이 세상에 온 것은 심판하려 함이 아니요, 구원하기 위함이다. 나는 소말리아와 아프리카의 난민들, 러시아와 우크라이나의 전쟁, 북한처럼 절대 기아에 굶주리는 백성들의 신음소리를 들었다. 튀르키예에서 재난으로 자식을 잃은 어미의 절규도 들었다. 점점 병들어 가는 피조물의 모습을 안타깝게 지켜보고 있다. 하나님께서는 한 영혼이라도 더 구원하시기 위해 심판의 날을 늦추고 계신다는 것을 모르니? 말세가 언제 올런지는 모르지만, 현재에 충실한 삶을 살아야 하지 않겠니? 올해는 유튜브 보면서 허송세월하지 말고 열심히 복음을 전하자."

차마 목에 넘어가지 않는 떡국을 먹으면서 베드로는 속으로 굳게 다짐했다.

"올해는 유튜브 보지 말고 살자. 보더라도 들키지는 말자."

예수님이 베드로에게 물으셨다.

"뭐라고 했니?"

베드로가 역정을 내면서 대답했다.

"아~ 생각 좀 읽지 마세요. 생각도 못 하나요? 실제로 그러겠다는 건 아니잖아요?"

예수님께서 대답하셨다.

"들키지나 말든가…"

05

모의고사를 보는 제자들

예수님께서 열두 제자에게 모의고사를 실시하기로 하셨다. 제자로서 어느 정도의 실력을 갖추었는지 평가하기 위해서였다. 시험이라고 하면 진절머리가 나는 제자들이다. 단 한 번도 합격판정을 받은 적이 없었기 때문이다.

시험문제는 주관식에 단 한 가지였다. 현행 수능 입시 제도의 문제점을 찾고 그 해결책을 구하라는 것이었다. 답은 각자 찾아도 좋고 공동으로 찾아도 좋다고 하셨다.

제자들은, 문제점은 공동으로 찾고 그 해결책은 각자 찾아보기로 했다. 제자들은 열띤 토론을 했다. 아마도 좋은 점을 평가하라고 했으면 결코 그런 반응을 보이지 않았을 것이다. 하지만 나쁜 점을 평가하라고 하니 평소 우둔하게 보이던 제자들이 어쩌면 그렇게 달

변가가 되는지….

결론은 한국의 현행 입시제도 때문에 초·중·고등학교를 비롯해 모든 교육기관의 교육이 왜곡되어 있고 따라서 이 제도는 망국병의 근원이라는 것이었다. 제자들이 이렇게 의견의 통일을 이룬 것은 남북정상회담이 가능했던 것만큼이나 기적적인 일이라 감탄을 금치 못했다.

빌립과 요한은 아이들이 불쌍하다며 그들을 위해 눈물을 흘렸다. 또 모처럼 의견의 통일을 이룬 것에 감격한 나머지 제자들은 모두 손을 잡고 〈우리의 소원은 통일〉 노래를 불렀다. 그러고 나서 각자 해결책을 구하러 흩어졌다.

며칠 후 열두 제자들이 예수님 앞에 모였다. 예수님은 제자들이 풀어 온 답안을 꼼꼼하게 점검하셨다. 먼저 수제자인 베드로가 주님 앞에 나왔다. 그는 가방을 내려놓고 큰 목소리로 말했다.

"우리는 이 나쁜 제도를 폭파시켜야 합니다."

예수님은 베드로의 가방을 열어보고 기절할 뻔하였다. 다이너마이트였다. 예수님께서 말씀하셨다.

"내가 제자가 되라고 했지, 언제 테러범이 되라고 했느냐?"

유다는 플래카드와 화염병을 준비해왔다. 교육부를 찾아가 데모를 할 작정이었다. 예수님은 유다에게 이렇게 말씀하셨다.

"내가 제자가 되라고 가르쳤는데 넌 시위 주동자가 되려 하느냐?"

야고보는 여행사에서 수많은 팸플릿을 구해왔다. 그리고 "다른 나라의 교육제도를 알아보기 위해 교육연수를 떠나야겠습니다."라고 말씀드렸다.

그러자 예수님이 말씀하셨다.

"넌 마치 시의원이나 고위공무원 같구나. 정신 차려라."

시몬은 학생들을 위해 다양한 컨닝 페이퍼를 준비해

왔다가 야단맞았다. 또 다대오라고도 불리는 유다(가룟 유다가 아닌)는 대통령 선거 전략을 짜왔다. 그 이유를 묻자, 예수님이 대통령에 출마해서 당선되면 자신을 교육부 장관으로 임명해달라는 것이었다.

예수님의 실망은 계속되었다. 그런데 2명의 제자가 보이지 않았다. 빌립과 요한이었다. 나머지 10명의 제자들이 온 동네를 뒤져 그들을 겨우 찾아낸 곳은 입시학원이었다.

요한은 학생들의 고난에 동참하기 위해 자신도 수능시험을 보기로 했다는 것이다. 하지만 빌립은 또 다른 이유가 있었다. 빌립의 머리에는 "악법도 법이다"라고 쓴 띠가 묶여 있었는데, 자신은 준법정신을 발휘해 적극적으로 악법에 대항하는 방식을 택했다는 것이었다.

예수님이 말씀하셨다.

"넌 누구의 제자냐?"

빌립이 띠를 가리키며 말했다.

"이거 예수님이 하신 말씀 아닌가요?"

예수님은 정말 기절할 뻔하였다.

스승과 제자들 간에 오랜 침묵이 흘렀다. 그때 도마가 입시제도에 대한 대안이 떠올랐다며 이야기를 꺼냈다. 대안학교를 설립하자는 것이었다. 열두 제자가 각각 열두 제자를 낳고 또 그 144명의 제자가 또 열두 제자를 낳으면 1,728명이 되고, 그렇게 해서 모든 학생들을 제자화시키자는 것이었다. 그러자 예수님이 미소를 지으며 말씀하셨다.

"그건 안 될 말이다. 그러면 수백 명이 다이너마이트를 준비할 것이고, 또 수백 명이 플래카드와 화염병을 준비하지 않겠느냐? 그리고 수백 명이 소크라테스와 내가 한 말을 구분하지도 못하지 않겠느냐?"

제자들은 기가 팍 죽었다. 그러자 예수님께서 위로의 말씀을 하셨다.

"괜찮다. 원래 성경에도 내가 죽기 전에는 너희가 정신 못 차렸잖니?"

06

21세기 학습 현장

2천 년 전에도 그랬듯이 예수님은 열두 제자를 불러 놓고 틈틈이 과외 공부를 시키셨다. 눈부시게 발달한 현대 문명과 문화에 적응하기 위해서 제자들은 성경 공부뿐만이 아니라 현실 적응 훈련도 상당히 많은 비중을 갖고 공부해야 했다. 고난도의 훈련에도 아랑곳하지 않고 제자들은 열심히 공부했다. 거기에는 그럴 만한 사연들이 있었다.

순박하기 이를 데 없는 베드로, 길가에 서 있는 트럭에서 파는 체육복 하나에 만 원이라고 적혀 있는 것 보고 타고 가던 버스에서 내렸는데, 한쪽에 철 지난 것은 만 원이고 실제로 입을만한 것은 2만 원이었다. 중도에 하차한 것이 억울해서 샀지만 내내 불쾌한 마음을 달랠 길 없었는데 알고 보니 장사라는 것이 다 그런 것이었다.

그 정도는 약과다. 동정심 많은 유다는 어떤 사람이 고향에 내려갈 차비가 없다 해서 5만 원을 주었는데 다음 날도 그 자리에 서 있는 것이었다. 알고 보니 상습범이라고 한다. 유다는 얼마나 억울했던지 하룻밤을 꼬박 새웠다. 그런데 사람들은 세상이 다 그런 거라고 하였다.

이런저런 경험이 한 번쯤은 제자들에게 다 있었던 일이다. 성경에는 5리를 가자 하면 10리를 동행해 주라고 했고, 춥다고 겉옷을 벗어 달라고 하면 속옷까지 벗어 주라고 했는데 현실 세계에서는 도무지 말씀 적용이 안 된다며 예수님께 다시 한 수 가르쳐 주실 것을 부탁드렸다.

예수님께서 말씀하셨다.

"성경에 기록된바 비둘기처럼 순결하고 뱀처럼 지혜로워야 한다고 했는데 세상은 뱀처럼 사악하건만 너희들은 어쩌면 그렇게 비둘기처럼 멍청하니?" 이어서 "순수하든지 지혜롭든지 둘 중에 하나는 하라."고 하셨다.

베드로와 유다는 갑자기 꿀 먹은 벙어리가 되었다. 주님 말씀과 같이 끝까지 선한 마음을 지키지 못했던

것 같아서 깊이 반성한 바 있는 표정이었다.

그다음 날 베드로는 체육복을 산 곳으로 가서 장사꾼에게 자초지종을 얘기하고서는 자신의 과오를 뉘우치고 성경의 말씀을 실천하겠다는 뜻에서 속옷을 전달하겠다며 비닐봉지에 담아 주었다. 베드로의 강권을 뿌리치지 못한 장사꾼은 베드로가 또 어떤 작전으로 나올지 몰라 겁을 먹고는 돈 만 원을 도로 내주었다.

하지만 유다는 자신에게 사기 친 사람을 만나지 못하여 뜻을 이루지 못했는데 어느 날 우연히 비슷한 내용으로 사기를 치려는 사람을 만났다. 그러자 유다는 그 사람을 붙들고 걱정하지 말라며 집까지 데려다주겠다고 했다. 사기꾼은 당황하며 실은 집이 광주가 아니고 해남이라고 했다. 그러면 유다가 포기할 줄 알았는데 잘 됐다면서 더욱 집요하게 달라붙었다. 결국 사기꾼은 유다를 포기하고 달아나 버렸다는 전설적인 이야기를 제자들 가운데 남겼다.

07

대형 교회에 새 신자로 등록한 예수님

예수님과 제자들은 가장 먼저 대형 교회를 방문했다. 십자가의 고난과 희생으로 세워진 교회가 오늘날 어떤 모습으로 성장했는지를 살펴보는 일은 가슴 벅찬 일이 아닐 수 없었다. 초대 교회의 공신들인 제자들도 세상의 그 어떤 장소보다도 인정받고 대접받을 수 있는 자리에 가게 되었다. 기쁨과 설렘을 감추지 못했다.

어느 유명한 교회 입구에서 일행은 발길을 멈추었다. 교회 건물의 외관을 감상하던 제자들은 한 마디씩 던졌다.

"노아의 방주 같군."

"중세기의 성 같아."

"십자가만 없으면 체육관인 줄 알겠어."

네
ㅋㅋ
호호

예
네
네
깔깔

논평을 마치고 들어가려는데 경비원이 일행의 진입을 막았다.

"여기에 뭐 하러 왔습니까?"

예수님은 예전에 모친 마리아에게 했던 비슷한 말씀을 하셨다.

"내가 내 아버지 집에 있어야 할 줄을 모르십니까?"

경비원은 도대체 무슨 말을 하는지 몰라 횡설수설했다.

"그냥, 들어가 보시죠. 아버지가 계신지… 안 계실 겁니다. 아마…"

제자들은 예수님 뒤를 따라 나란히 줄 서서 들어갔다. 경비원이 맨 마지막에 들어가는 유다에게 물었다.

"그런데 저분의 아버지가 누굽니까?"

유다는 기대에 어긋나게 푸대접받고 있다는 생각 때문에 퉁명스럽게 대답했다.

"당신이 여기에 안 계시다고 하는 아버지는 하나님 아버지입니다. 당신 그 말에 책임져야 해요."

교회에서는 마침 예배가 진행 중이었다. 예수님과 일행은 앉을 자리도 없어 뒷줄에 서 있었다.

새 신자 안내 위원의 얼굴은 붉으락푸르락했다. 안

쓰겠다는 새 신자 등록카드를 억지로 쓰게 했던 결과였다. 열세 장의 등록카드에 예수님의 이름과 열두 제자의 이름이 차례로 적혀 있었다. 그걸 보고 충격을 받은 것이다. 그는 이들을 쫓아내야 할지 새 신자 등록카드를 그냥 제출해야 할지 갈등하고 있었다.

때마침 한 장로가 그 등록카드를 빼앗듯이 가져갔다. 그리고 읽어 보지도 않고 목사에게 전했다. 드디어 사건이 벌어졌다. 목사가 새 신자를 소개했다.

"오늘 새로 나오신 분들을 소개하겠습니다. 이름을 부를 때 자리에서 잠시 일어나 주시면 감사하겠습니다."

새 신자 등록카드를 앞뒤로 뒤집어 보더니 목사의 표정이 야릇해졌다.

"자진해서 나오셨는데… 성함이 재미있군요, 예수 씨."

그러자 교인들이 '와' 하고 웃었다. 목사는 곤혹스러운 표정을 지으며 나머지 이름을 차례로 불렀다.

"베드로, 야고보… 요한…"

이상 열두 제자의 이름이 다 불리워졌다. 교인들은 더 큰 소리로 웃었다.

그때 예수님이 강단 아래에 있는 연단으로 걸어 나오셨다. 그리고 마치 회당에서 말씀을 가르치실 때처럼 권위 있는 말씀으로 청중을 사로잡았다. 신비감마저 느껴졌다.

목사만 당황한 눈치였다. 그 목사는 예수님께 말했다.

"당신이 정말 예수님이라면 하늘로 다시 올라가시고 아니면 제자리로 들어가세요."

그러자 숙연해졌던 교인들이 다시 소리 내어 웃었다.

예루살렘 교회를 보고 눈물을 흘리시던 예수님은 서울의 대형 교회를 보고 다시 울고 싶어졌다.

예수님과 제자들은 경비원과 몇몇 장정에 의해 교회 밖으로 끌려 나왔다. 이유는 단지 이름 때문이었다. 이름 때문에 쫓겨나면서 예수님은 애초 대접받으리라고 기대했던 제자들에게 이런 말씀을 남기셨다.

"선지자가 고향에서 환영받지 못한다고 했잖아?"

08

처음 PC방에 가던 날

예수님과 열두 제자들이 PC방에 갔다. 제자들은 절대로 음란 사이트에 접속하지 않겠다는 약속을 하고 간신히 예수님께 허락을 받아 냈던 것이다.

대부분 제자는 게임이나 인터넷에 초보자였기 때문에 어리둥절했다. 수십 개의 모니터 앞에 각각 한 사람씩 앉을 수 있도록 의자가 놓여있었고, 사람들은 자기 모니터만 뚫어져라 볼 뿐 아무도 옆 사람은 신경 쓰지 않았다. 지금 그들이 보고 있는 현실이 고대 이스라엘의 어떤 문화와도 비교할 만한 것이 없었기 때문에 제자들에게는 PC방의 정경 자체가 사이버 공간이었다.

요한은 게임 장면을 보고 이곳에는 사랑이 없고 오직 폭력만 난무하는 곳이라며 탄식했다. 마태는 채팅하고 있는 아이들의 모니터를 보면서 요한의 탄식을

반박했지만, 야고보는 현실의 세계가 더 좋다며 아예 밖으로 나가버렸다.

의심 많은 도마는 한쪽 구석에서 모니터를 분해하고 있었고, 이미 예수님 몰래 수차례 PC방을 드나들었던 베드로는 철 지난 게임이지만 스타크래프트 게임을 하느라 정신이 없었다.

돈 되는 일이라면 항상 관심을 보이는 유다는 인터넷 사업을 구상해보았다. 그렇게 두어 시간을 보내고 예수님과 제자들은 PC방을 물러났다.

벌써 해가 많이 기울어 있었다.

바깥세상에 나온 제자들은 본능적으로 신선한 공기를 대하며 심호흡을 했지만 공간 이동의 충격에서 아직 벗어나지는 못했다.

베드로는 공사장 인부들이 SCV(광물과 가스를 캐고 건물을 짓는 로봇)로 보이고, 전봇대가 아모리(기계 유닛을 업그레이드하는 장치)로 보였다. 머릿속에선 아직도 테란의 역사가 전개되고 있었던 것이다. 또 다른 제자들은 지금 있는 공간이 갈릴리인지 서울인지 혼동하고 있고, PC방 안에서 시종일관 잠만 자던 빌립은 눈을 비비며 자신이 꿈속에 있는지 현실에 있는지 혼동하고 있었다.

그때였다. 갑자기 하늘이 붉어지더니 공중에서 바로 왕(고대 이집트의 파라오 왕)의 군대가 쳐들어왔다. 전차와 말과 군사들이 빽빽했다. 또 한쪽에서는 엘리사를 지켜주었던 천군 천사들이 불 수레와 불 병거를 끌고 맞서 대항했다. 치열한 접전이 벌어졌다. 마치 지옥과 같은 현장에서 제자들의 몸이 불꽃 속으로 빠져들어 가는 경험을 하였다. 거의 죽음 직전의 순간을 맛보는 체험이었다. 그러더니 한순간 갑자기 모든 환상이 사라졌다.

제자들은 아예 현실 감각을 잃어버린 듯 눈동자가 풀리고 멍해졌다. 제자들 뒤에 서 계시던 예수님은 한심하기도 하고 괘씸하기도 한 제자들에게 한 수 가르쳐 주시려고 환상을 보여 주셨던 것이다. 그제야 곁에 예수님이 안 계신 것을 알고 요한이 먼저 예수님을 찾고 불렀다.

예수님께서 나타나서 제자들에게 말씀하셨다.

"너희들이 원한다면 언제라도 사이버 공간을 체험하게 해주겠다."

그러자 제자들은 이구동성으로 아니라며 예수님의 넉넉한 제안을 사양했다. 제자들은 현재가 너무 좋고 현실이 아무리 힘들지라도 현실에 존재하는 것 자체가

신의 은총이란 것을 깨달았다고 고백했다.

예수님은 미소를 지어 보이시며 다시 말씀하셨다.

"너희는 훌륭한 제자들이다. 그 짧은 시간에 그런 진리를 깨우치다니… 그렇다면 PC방에 있을 때 내가 어디 있었는지 아는 사람?"

제자들은 서로의 얼굴을 쳐다보며 예수님의 질문에 답변할 사람을 찾았지만, 그때 예수님이 어디 계셨는지 아는 제자는 한 명도 없었다. PC방에 있는 동안 모두들 예수님을 까맣게 잊고 있었던 것이다.

"현실이 너무 좋아서 날 잊어버린 건 아니겠지?"

또 한번 예수님의 파상적인 질문에 제자들은 완전 벙어리가 되었다.

09

예수님 생일의 비밀

예수님과 제자들에게 크리스마스가 찾아왔다. 제자들은 예수님의 생일을 맞이해서 케이크와 선물을 준비했다. 절반씩 나누어 6명씩 각각 케이크와 선물을 마련하기로 했는데 좀 고지식한 편에 속한 제자들이 케이크를 사러 갔고, 좀 융통성이 있는 편인 제자들은 선물을 준비하는 팀에 속해 있었다.

드디어 크리스마스 밤, 제자들은 깜짝쇼를 하기 위한 모든 준비를 완료하고 예수님을 그들이 준비한 파티장으로 안내했다. 제자들은 여러 가지 면에서 예수님을 놀라게 해드리는 데 성공했다.

예수님이 당도한 곳은 마구간이었다. 그것도 그냥 마구간이 아니라 경마장에 있는 마구간이었다. 예수님은 분명히 그곳이 뭐 하는 곳인지 알고 계셨다. 그렇지만 제자들에게 이렇게 물으셨다.

"나와 너희들이 있는 이곳이 어디냐?"

그러자 베드로가 대답했다.

"예수님께서 나신 곳을 재현하기 위해서 마구간을 빌렸습니다."

제자들은 예수님 앞에 케이크를 내놓았다. 예수님은 또 놀라셨다. 케이크는 마치 불타는 밤송이 같았기 때문이다. 그때 도마가 말했다.

"촛불이 203개입니다. 이것 때문에 빵집 주인하고 다퉜죠. 빵집 주인은 큰 백년초를 20개만 주겠다는 겁니다. 겨우 2만 원짜리 케이크를 사는데 십년초를 203개나 줄 수 없다는 겁니다. 우리가 누굽니까? 우겨서 받아냈죠."

작은 케이크에 초를 203개나 꽂았기 때문에 케이크의 형태를 알아보기 힘들 정도였다. 촛불을 끄고 예수님과 제자들은 한참 동안 기침을 해야 했다. 연기가 자욱해서 숨을 못 쉴 지경이었다. 예수님 왈, "이건 축하받는 게 아니라 테러당하는 기분이다."

그다음 제자들이 준비한 선물을 개봉했다. 첫 번째 상자 안에서 돌멩이가 나왔다. 예수님께서 이게 뭐냐고 물으시자, 유다가 대답했다.

"황금입니다. 옛말에 황금을 보기를 돌같이 하라고 해서…"

예수님은 놀란 눈을 하고서 두 번째 상자를 열었다. 그 안에서 나온 것은 향수 냄새가 나는 티슈였다.

"이건 또 뭐냐?"

그러자 요한이 말했다.

"유향 대신 향기 좋은 걸 구하려다 보니…"

이젠 전혀 기대감도 없었다. 단지 몰약 대신 뭘 넣었는지 궁금할 따름이었다. 세 번째 상자 안에서 나온 것은 방부제였다. 흔한 인스턴트식품에서 볼 수 있는 것들을 종류도 다양하게 여러 개를 모아서 담은 것이었다. 이번에는 예수님이 먼저 말씀하셨다.

"이건 설명 안 해도 된다. 몰약 대신에 넣은 거지?"

제자들은 말없이 고개를 끄덕였다. 예수님은 이어서 말씀하셨다.

"너희들은 여러 가지로 나를 놀래키는 데 성공했다. 하지만 애초부터 특별한 것은 아예 기대하지도 않았다. 이참에 너희들에게 한 가지 비밀을 알려 주겠다."

그러자 시무룩했던 제자들의 눈빛이 살아났다. 예수님의 말씀은 정말 제자들을 놀라게 했다.

"사실 내 생일은 12월 25일이 아니다."

놀란 정도가 아니라 충격받은 제자들이 예수님께 여쭈었다.

"그러면 생신이 언제죠?"

예수님 왈, "난 구주를 영접하는 자들의 마음속에 날마다 새로 태어난다."

제자들은 예수님의 가르침에 숙연해졌다. 그리고 이번엔 진짜 생일 선물을 드렸다. 지독하게도 돈이 없었던 제자들이 생각해 낸 것은 예수님을 손가마에 태워서 경마장을 한 바퀴 도는 것이었다.

흰 눈이 내리고 있었다. 제자들은 루돌프처럼 신나게 달렸다.

10

때론 침묵도 필요해

제자들이 노방전도를 나갔다가 핸드폰 판촉 사원에게 설득당하고 말았다. 가판대 앞에서 시도 때도 없는 제자들의 논쟁이 시작되었다. 베드로가 말했다.

"우린 문화인이 아니었어. 그저 몸만 21세기지 우린 2천 년 전 고대인으로 존재하고 있는 거야. 만일 핸드폰이 없다면 말이야."

그러자 야고보가 말했다.

"맞아, 요즘엔 유치원생도 다 핸드폰 갖고 다녀."

도마가 야고보에게 물었다.

"정말이야? 너 봤어?"

야고보가 말했다.

"안 보고도 알아. 난 야고보니까."

마태가 반론을 제기하고 나섰다.

"쓸데없어. 문명이기의 발달은 항상 영성을 헤치기

만 해."

마태의 주장을 베드로가 반박했다.

"스마트폰으로 우린 훨씬 빠르고 정확한 기도의 응답을 기대할 수 있을 거야."

그러는 동안 유다는 핸드폰을 사용할 때 드는 경제적 부담과 절감에 대한 손익을 계산하고 있었고, "난 너희들 얘긴 안 들을래."라고 했던 안드레는 새로 오픈한 핸드폰 가게의 판촉사원 아가씨의 현란한 춤 솜씨를 구경하느라 정신이 없었다.

핸드폰이 제자들에게 던진 충격 파장은 대단했다. 하지만 그 충격파로부터 가장 의연했던 제자가 있었는데, 그는 어떤 상황 속에서도 취침이 가능한 빌립이었다. 빌립은 시끄러운 테크노 음악이 왕왕대는 중에도 서서 졸고 있었다. 가히 초인적이었다.

제자들이 마침내 합의점을 찾았다. 그들이 도달한 합의 내용은 먼저 예수님께 스마트폰을 선물하자는 것이었다. 속셈은 뻔했다. 예수님이 그 편리성을 인정하게 되면 자기들도 스마트폰을 쉽게 얻을 수 있다는 계산이었다. 그리하여 제자들은 일을 저질렀다. 문제는 '누가 고양이 목에 방울을 다느냐'는 것인데 그 몫은 결국 수제자인 베드로에게 돌아왔다.

제자들이 예수님을 찾아갔다. 그리고 용감한 베드로가 주님께 드리는 선물이라면서 작은 상자를 꺼내 놓았다. 예수님은 때아닌 제자들의 선물 공세에도 불구하고 별다른 반응이 없으셨다.

예수님은 “나도 너희들에게 줄 것이 있다.” 하시면서 보따리를 풀어 보이셨는데 그곳에서 12개의 핸드폰이 쏟아져 나왔다. 제자들의 입이 벌어졌다. 가만있지 못하고 한마디씩 하는데 제자 중에 “텔레파시가 통했나 봐.”라고 했던 시몬과 “이거 되는 거야?”라고 의심했던 도마, 그리고 “이걸 팔아서 가난한 자들에게 나누어주면…” 했던 유다, 그들은 핸드폰을 입에 물고 벌을 서야 했다.

예수님이 말씀하셨다.

“당분간 빌린 거다. 곱게 쓰고 절약해서 써.”

제자들은 신이 나서 예수님 만세를 불렀다. 그리고 앞으로 기도 내용이나 신앙고백을 예수님 핸드폰에 카톡 메시지로 보내겠다며 온갖 아양을 떨었다.

그로부터 한 달 후 제자들이 알게 된 사실이 있었다. 핸드폰은 기도보다 응답이 빨랐다는 점에서 매우 좋았지만, 시도 때도 없이 호출당하고, 위치를 숨겨서 딴짓을 할 수 없다는 점에서 몹시 괴롭다는 것을…. 그래서

제자들은 카톡으로 수없이 주님께 고백했다.

"이제야 알았습니다. 주님의 침묵도 때때로 우리에게 유익하다는 것을…."

11

여름 캠프

열두 제자들이 피서를 가자고 예수님께 간청했다. 모든 요구에 넉넉하신 예수님께서는 흔쾌히 응답하셨다. 제자들은 마치 월드컵에서 한 골 넣은 선수처럼 기뻐서 날뛰었다.

제자가 되겠다고 모든 것을 버리고 예수님을 따라오긴 했지만, 제자가 되는 길이 얼마나 험난한 길인가? 예수님은 그러한 제자들을 불쌍하게 여기시고 제자들의 요구를 들어주신 것이다.

예수님과 열두 제자는 강원도 산골에 있는 어느 초등학교를 빌려서 캠프를 하기로 했다. 학교 뒤로는 끝없이 이어지는 푸른 산이 아름다운 풍경을 그리고 있었고, 학교 담장 곁으로는 맑은 시냇물이 흐르고 있어 동심을 불러일으켰다.

예수님은 잠시 기도하기 위해 산에 올라가셨고, 제자들은 그 틈에 신바람 나게 놀았다.

어느덧 해가 지고 어두움이 찾아왔다. 저녁을 먹고 난 지 얼마 되지도 않았는데 제자들은 또 불에 감자를 구워 먹었다. 얼마 만에 누려보는 자유며 자연의 맛인가? 제자들은 총총한 밤하늘의 별빛 아래서 온갖 이야기의 꽃을 피웠다.

밤이 꽤 깊었는데도 입산하신 예수님은 내려오시지 않았고, 스승을 기다리며 대화를 나누던 제자들은 이런저런 이야기를 나누던 중에 어떤 제자가 시작했는지는 모르지만, 귀신 이야기를 하게 되었다. 귀신 이야기 중에 제일 무서운 이야기는 뭐니 뭐니 해도 '여고괴담' 이었다. 그들이 있는 곳이 빈 학교이니만큼 더욱 현장감 있는 이야기였다. 다만, 이야기할 때까지는 좋았는데 문제가 생겼다.

요한이 화장실에 가고 싶다는 것이다. 도무지 혼자서 못 가겠다면서 야고보한테 같이 가자고 했지만, 야고보는 무서워서 싫다고 했다. 그들은 누가 따라가느냐 그리고 누가 남느냐 하는 문제로 옥신각신하다가 결국은 다 함께 가기로 했다.

열두 제자들이 서로 몸을 밀치며 시골 학교의 복도를 걸었다. 서로 맨 앞과 맨 뒤에는 서지 않으려고 몸싸움을 하기도 했다.

그래도 제자 중에 제일 무식하게 용감한 베드로가 앞장섰다. 플래시를 비추고 줄지어 가고 있었는데 복도 맞은편에서 어떤 사람이 흰옷을 입고 제자들 쪽으로 걸어오고 있었다. 제자들은 일제히 귀신이라고 소리 질렀고, 그들 중에 세 명은 졸도하고 말았다. 복도 끝에서 목소리가 들려왔다. "내니 안심해라."(막6:50) 목소리의 주인공은 예수님이었다.

예수님은 제자들을 교실에 둘러 앉혀놓고 "믿음이 적은 자들아…"(마8:26) 하며 꾸짖으셨다. 그리고 주님께서 제자들에게 물으셨다. "요즘 세상 사람들은 날 어떻게 보느냐?"(마16:13) 그러자 어떤 제자는 말하기를 신흥종교의 교주라는 사람도 있고, 또 어떤 사람은 사이비 목사 중 한 명이라고 하는 사람도 있다고 말했다. 그러자 예수님께서 제자들에게 또 물으셨다. "그러면 너희는 여전히 나를 그리스도로 믿고 있니?"

그 말을 듣고 까무러친 제자가 있었다. 베드로는 옛날 2천 년 전에 "주는 그리스도시요 살아계신 하나님의 아들이십니다”(마16:16) 라는 신앙고백을 한 적이 있었다. 제자들의 진심이 아직도 살아 있는지 확인하고 싶어서 한 질문이었는데 제자들은 예수님으로 변장한 귀신이 “너희는 내가 진짜 예수로 보이니?”라고 묻는 줄로 생각하고, 이번엔 세 명이나 졸도한 것이다.

제자들의 여름 캠프는 공포의 캠프로 끝났다. 예수님은 제자들이 한심하게 보였다. 그런 제자들과 또 얼마나 함께 다녀야 할지 진지하게 고민하셨지만 그 문제는 잊기로 하셨다. ‘더 빡세게 굴리면 제자 중에 단 한 명도 내 곁에 남을 제자가 없겠구나…’

12

교보문고에서 유다는 2천 년 동안 팔린 성경책의 저작권을 계산했다

예수님과 제자들은 도심을 배회하다가 대형 서점 앞에 섰다. 요즘은 어디에 들어가는 것이 겁이 났다. 어디 가든지 돈이 들기 때문이다. 그중에 겁 없는 베드로와 회계를 맡은 유다가 먼저 들어갔다. 두 제자는 계산대 앞에서 열세 명의 입장료가 얼마냐고 물었다. 그러자 유니폼을 입은 서점 직원들이 배꼽을 잡고 웃었다.

밖에 섰던 제자들은 입구에서 약속을 기다리거나 음료수를 마시고 있는 사람들을 보면서 벌써 표가 매진된 게 아닌가 하고 걱정하고 있었다. 베드로와 유다한테서 공짜라는 희소식을 전해 들은 일행은 기뻐하며 서점 안으로 들어섰다.

먼저 그들은 방대한 분량의 책을 보고 완전히 기가 질려 버렸다. 정보화 시대를 실감할 수 있었다. 제자들은 책을 고르고 있는 사람, 아예 바닥에 주저앉아 책을 보고 있는 사람들을 보면서 어느 세월에 이 책들을 다 읽겠다는 건지 한심하다고 생각했다.

제자들 중에 복음서를 쓴 마태, 마가, 누가, 요한과 베드로 등 성경책을 기록해 본 경험이 있는 제자들은 현대의 인쇄 기술에 경탄을 금치 못했다.

경전 외에는 글을 접해 본 적이 없었던 그들은 과연 이렇게 거대한 물량의 책들이 인간 사회에서 얼마나 필요한 것인지 의심스러웠다. 그래서 인간은 그들이 축적한 지식과 정보에 의해 더욱 복잡한 번뇌에 빠져들 수밖에 없다고 생각했다.

그러나 지금까지 그들이 방문한 현대사회의 여러 현장 중에 가장 희망적인 공간은 이곳이라고도 생각해 보았다. 어쨌든 현대인을 이해하는 숙제는 더 깊은 미궁 속으로 빠져 버린 듯했다.

그때 요한이 성경책 원전을 찾아들고 기쁜 낯으로 주님께 달려왔다.

책을 분류하고 있던 직원들이 히브리어와 헬라어 원전을 줄줄 읽어 내려가는 제자들을 보고서 놀라움을 금치 못했다. 제자들은 오래간만에 신이 났다. 예수님도 미소를 짓고 있었다.

그런데 도마가 풀이 죽어 있었다. 이유인즉슨 도마 복음서가 정경 과정에서 외경으로 분류되었기 때문이다. 그래서 예수님이 도마를 위로해 주셨다.

"하늘 보좌에 가면 성경책도 필요 없지 않겠니? 말씀이 항상 네 곁에 있는데 뭘 더 원해?"

'말씀'은 예수님 자신을 가리킨 말이었다. 도마는 위로가 되었다. 하지만 더 심각한 쪽은 유다였다. 복음서에 기록된 자신의 역할에 불만이었다. 그러나 유다는 이내 다른 생각을 해냈다. 약 2천 년 동안 팔린 성경책값을 계산하면 그 금액은 천문학적인 숫자가 되리라는 것이었다. 지금이라도 성경책에 저작권을 설정해서 수입을 올려 보자고 예수님께 제의를 했다.

예수님이 대답하셨다.

"유다야, 이사야서 55장 1절을 외우고 있느냐?"

유다는 뜨끔했지만 암기조차 하지 못한다는 질책을 피하기 위해 작은 목소리로 외웠다.

"이사야 선지자가 말했습니다. '너희 목마른 자들아 물로 나아오라. 돈 없는 자도 오라. 너희는 와서 사 먹되 돈 없이, 값없이 와서 포도주와 젖을 사라'고 했지요."

예수님은 유다는 암기 실력에 대해 예의 칭찬을 아

끼지 않으셨다. 그리고 다음과 같이 말씀하셨다.

"유다야, 값없이 주시는 은혜를 벌써 잊었는가?"

"아닙니다. 하지만 주님, 요즘 세상이 다 그렇지 않습니까? 출판사는 성경책을 팔아먹고, 교회는 예수를 팔아먹고 있잖아요?"

"유다야, 나는 이 세상에 팔리기 위해 왔다. 지금에야 하는 말이지만 유다 자네는 나를 제사장들에게 너무 싼 값에 팔았어."

유다는 성경에서 예수를 은 30냥을 받고 팔아먹은 배신자였으므로 더 이상 할 말이 없었다. 예수님은 이어서 말씀하셨다.

"사람들이 나를 팔 수는 있지만, 내 아버지의 나라는 팔 수가 없다."

어느결에 예수님과 일행 주위에 사람들이 모여들어서 그들의 대화를 경청하고 있었다. 그 가운데 출판업자가 있었다. 그는 예수님께 인터뷰를 요청했다. 책을 내자는 것이었다. 예수님은 성경책을 들어서 보이시며 "이미 이 책 속에 충분히 메시지를 담았다."고 하셨다. 그러자 기독교 코너에서 책을 고르고 있던 목사와 신부가 신성 모독이라고 반박했다.

군중들이 술렁대고 있을 때, 철학을 전공하는 대학

생 한 명이 예수님 앞에 나와서 제자로 삼아 달라고 했다. 예수님은 미소를 지으시며 그 청년에게 물었다.

“너 교회에 다닌 적 있니?”

“네, 지금도 다니고 있습니다.”

“교회 다니면서도 내 제자가 못되었다면 지금 나를 쫓아 와도 내 제자가 될 수 없다.”

그 청년은 고민하면서 그 자리를 물러갔다. 예수님과 제자들도 그 자리를 떠났다.

서점을 나설 때, 계산대의 눈치를 살피면서 베드로와 유다는 이렇게 생각했다.

“설마 후불은 아니겠지?”

“역시 공짜 구경치고 좋은 게 없어.”

13

예수님도 휴가 간다

겨울 방학 같은 건 없냐고 제자들이 불평을 늘어놓기 전에 이번에는 아예 예수님께서 선수를 치셨다.

"너희들 대신에 내가 떠난다."

당혹해하면서 제자들은 주님께 여쭈었다.

"저희는 어쩌란 말입니까?"

이에 예수님은 다음과 같은 말씀을 남기시고 훌쩍 떠나셨다.

"다녀~올게."

제자들은 처음엔 황당해했지만, 그편도 괜찮을 것 같았다. 그래서 겉으로는 주님을 염려하는 척했지만, 속으로는 한 달 동안 자기들끼리 지낼 수 있다는 사실에 대해 매우 기뻐했다.

주님이 안 계시는 동안 무엇을 하며 지낼까? 하는 문제를 놓고 제자들이 머리를 맞대고 의논했다. 한 제자는 스키를 타러 가자고 했다. 또 한 제자는 겨울 바다를 보러 가자고 했다. 또 다른 제자는 따뜻한 제주도에서 겨울을 나자고 했다. "의견은 모두 훌륭해. 하지만 주님이 오시면 뭐라고 대답하지?"라고 베드로가 문제를 제기하자 한창 고조되었던 분위기가 갑자기 썰렁해졌다.

그때 도마가 침묵을 깨며 베드로에게 말했다.

"에이~ 형도, 이런 일 한두 번이야? 스키는 동계 체력훈련이라고 하면 되고, 겨울 바다는 영성 캠프, 제주도 여행은 전도 여행이라고 하면서 슬쩍 넘어가는 거지."

그 말에 제자들의 얼굴이 냉동 상태에서 풀리기 시작했다.

차라리 서울랜드에 가자, 롯데월드에 가자는 의견이 나오기도 했다. 누군가가 "난 pc방에 가서 놀 테야"라고 하자, 어떤 제자가 그럴 바에는 자기가 하고 싶은 대로 각자 맘대로 하는 게 어떻겠냐고 했다. 의논한다는 것이 걷잡을 수 없는 상황으로 치닫고 있을 때 가장 현실 계산에 빠른 유다가 소리쳤다.

"그런데 문제는 돈이야. 너희들 돈 있니?"

그러자 제자들은 쥐 죽은 듯이 조용해졌다. 슬픈 현

실을 인지한 것이다. 그 틈을 타서 경건파에 속한 제자들은 한 달 가량 금식기도원에 들어가자는 제안을 내놓았다가 놀기 좋아하는 제자들의 따가운 눈총을 받고 슬그머니 제안을 거두었다.

그로부터 한 달 후 예수님이 돌아오셨다. 예상했던 대로 주님은 제자들에게 그동안 어떻게 지냈느냐고 물으셨고, 그 질문 앞에서 수제자인 베드로는 우물쭈물하고 있었다. 예수님은 이미 모든 것을 아시는 것 같았기 때문이다. 사실 그랬다. 이미 다 아시는 주님은 제자들에게 칭찬과 격려를 해주셨다.

"말 안 해도 안다. 잘 지냈지? 체력단련도 하고, 경건 훈련도 하고 전도까지 했으니 역시 내 제자들이다."

제자들은 말 한마디 할 수 없었다. 이런저런 궁리 끝에 결국 제자들이 선택한 겨울나기는 겨울잠 자기였기 때문이었다. 그들은 라면, 불닭볶음면 등 비상식량을 마련하고 한 달 내내 먹고 자고 하면서 빈둥대다가 다시 오신 예수님을 맞이한 것이다.

하지만 주님은 가난하여 맘대로 놀아보지도 못하고 결국은 곰이나 하는 겨울잠을 택한 제자들을 불쌍하게 생각하시고 모든 것을 덮어 주기로 맘 정하셨던 것이다. 그리고 예수님은 이렇게 말씀하셨다.

"나 깨우지 마, 지금부터 한 달 동안 겨울잠을 잘 테니까."

제자들은 눈물 나게 감사한 예수님께 속으로 아뢰었다. '주님이 안 계시면 저흰 자꾸 망가지고 대책이 없어져요. 항상 우리 곁에 계셔 주셔야 해요.'

제2장

스타벅스로 가는 예수님

01

스타벅스로 가는 예수님

패스트푸드점과 커피숍 등 프랜차이즈가 밀집한 사거리를 예수님은 걷고 있었다. 한 무리의 소년들 중에 한 소년만 유난히 고개를 숙이고 있었다. 예수님은 분위기가 심상치 아니함을 알고 그 소년에게 가서 말씀하셨다.

"나와 얘기 좀 하자."

얼굴에 수심이 가득한 소년은 무리의 눈치를 보며 예수님을 따라 몇 발짝을 걸었다. 많은 프랜차이즈 중에 스타벅스가 보이자 예수님께서 말씀하셨다.

"너 지금 저 친구들을 피하고 싶지? 그리고 배고프지?"

"네!"

예수님은 소년을 데리고 스타벅스로 들어갔다. 소년에게 크림치즈 케이크와 핫초코를, 예수님은 아이스아메리카노를 주문했다. 음료를 받아 들고 자리에 앉았다.

예수님은 소년을 한참 바라보다가 "지금 있는 5명의 친구들은 진정한 친구들이 아니지?" 그러자 그 소년도 깜짝 놀라며 자기를 아느냐고 여쭈었다. 그러자 이번에는 예수님께서 아주 복잡한 질문을 하셨다.

"내가 누군지가 궁금하지? 그리고 학교라는 단체에 너 자신의 소속감이 있나? 이런 것이 답답하지?"

소년은 둘 다라고 쉽게 대답했다. 예수님은 소년에게 미소를 지어 보이시더니 딱 한 마디를 뱉어내셨다.

"왕따 당하니?"

소년은 얼굴이 붉어지더니 묻지도 않은 여러 말을 횡설수설하며 늘어놓았다. 마치 뭐가 꼬여 들킨 사람처럼….

그 소년의 사연인즉슨 같은 학급에 있는 5명의 친구가 자기를 따돌린다는 것이다. 다른 친구들이 접근도 못하게 해서 외톨이가 되었다고 한다. 뿐만 아니라 가끔 불러내서 손찌검을 하기도 하고, 온갖 수치와 모욕을 주면서 용돈까지 갖다 바치기도 했다고 한다. 극심한 학폭에 시달린 소년의 생활은 생지옥 같다고 하였다. 이제 방학이 끝나면 또 그 친구들을 만나게 되는데

학교 가는 일이 죽기보다 싫다는 것이다.

예수님은 그 소년을 위로하며 기도를 하셨다. 기도 중에 예수님께서 실눈을 뜨고 보니 그 소년은 추운 데 있다가 따뜻한 실내로 들어와서 그런지 꾸벅꾸벅 졸고 있었다. 그래서 예수님은 기도를 좀 더 길게 하셨고, 그 짧은 순간에 소년은 꿈을 꾸었다.

꿈속에서 소년은 천국에 갔다. 입구에 걸린 플래카드 위에는 그날의 행사 제목이 적혀 있었다. "왕따들의 잔치" 소년은 자신이야말로 이 파티의 주인공이라는 확신을 갖고 파티장에 들어갔다. 들어가 보니 아는 사람들이 꽤 많았고, 그들은 모두 상석에 앉았는데 삭개오와 사마리아 우물가의 여인 등 성경의 인물들이 많이 눈에 띄었다.

소년은 그들과 한 상에 초대받은 것을 상당히 놀라워하면서도 가슴 뿌듯하게 생각했다. 그리고 삭개오에게 가서 물어보았다.

"아저씨, 그런데 왕따 중에 최고 왕따가 누구예요?"

그러자 삭개오는 바로 곁에 앉아 있는 사람을 가리켰다. 소년은 그분을 보며 놀라움 반 기쁨 반으로 외마디 탄성을 질렀다.

"아저씨, 저도 왔어요. 저 기억하세요?"

삭개오가 소년에게 말했다.

"이분이 누군지 알고 있니?"

소년은 자신 있게 대답했다.

"그럼요. 제게 스타벅스에서 케이크와 핫초코를 사주신 분이죠."

삭개오가 미소를 지으며 대답했다.

"이분이 예수님이시다. 사람들은 각기 다른 모습으로 예수님을 기억하고 있지."

소년은 예수님이 왕따 중에 왕따라는 사실에 다시

한번 놀라지 않을 수 없었다. 예수님이 빌라도 법정에서 채찍에 맞고 십자가를 지고 가셨던 일에 비하면 자신의 억울한 학폭 피해는 새 발의 피라는 걸 깨달았다.

"~ 아멘."

예수님의 기도가 끝나자, 소년은 짧은 잠에서 깨어났다. 그리고 예수님의 얼굴을 쳐다보며 말했다. 이제야 핫초코를 사 주시는 아저씨가 예수님인 것을 알아차리고 예수님의 이름을 불렀다.

"아! 예수님."

예수님은 빙그레 웃으시며 말씀하셨다.

"너 깜빡 졸았지? 어서 먹기나 하자."

함께 마시면서 예수님은 다음과 같이 말씀하셨다.

"내가 기도했으니까 이제 개학하면 자신 있게 학교에 가라. 하지만 너의 주변 환경은 하나도 변하지 않았을 거다. 그렇지만 제일 중요한 게 하나 변했다. 그건 바로 너 자신이야. 자신 있지?"

소년은 고개를 끄덕였다.

스타벅스 앞에서 예수님은 소년과 작별하시면서 엄지척을 내보이셨다.

"이게 왕따의 표시다."

소년도 예수님께 엄지척을 올려 보이고 밝은 얼굴로

집을 향해 발길을 돌렸다.

잠시 후 제자들이 양식을 조금 구해왔다며 계속 굶주리고 계신 예수님을 염려했다. 그때 예수님은 이렇게 말씀하셨다. “걱정하지 마라. 내게는 너희가 모르는 양식이 있다.” 하시며 엄지손가락으로 어깨 너머에 있는 스타벅스를 가리키셨다. 제자들은 어리둥절해서 서로의 얼굴을 쳐다보았다. ‘예수님이 커피로 끼니를 해결하신다고?’

예수님은 마음의 양식, 즉 사랑을 두고 하신 말씀이었는데 제자들은 예수님이 현대사회에 너무 물들어서 건강이 심히 염려된다며 걱정이 이만저만 아니었다.

02

천국의 열쇠

2천 년의 때를 벗기려고 예수님과 열두 제자들이 사우나탕에 들어갔다. 예수님 일행은 요금을 내고 남탕으로 들어가서 열쇠를 나누어 받았다. 그런 다음 어떻게 해야 하는지 그들이 알 리가 없었다.

친절한 목욕탕 주인의 안내로 그들은 왜 열쇠를 하나씩 받았는지 비로소 그 이유를 알게 되었다. 가만히 보니까 사우나탕 안의 남자들이 모두 발목에 열쇠를 달고 있는 것이 보였다. 마치 고대사회의 노예처럼 자기 번호를 몸에 지니고 건물 안에서 돌아다니는 것이다. 제자들은 현대인들이 왜 스스로 돈을 내고 노예처럼 목욕을 하는지 이해할 수가 없었다.

도마가 예수님께 여쭈었다.

"자기 옷장의 번호만 알고 있으면 그만이지 왜 잠그고 귀찮게스리 발목에 열쇠를 달고 다닙니까?"

예수님은 제자들이 간혹 한심한 질문을 할 때도 있지만 귀찮아하지 않으셨다. 하지만 때대로 응답을 유보하실 때가 있는데, 그 까닭은 나중에 경험으로 응답받거나 스스로 깨닫게 되기 때문이었다.

"곧 알게 될 거야."

예수님과 제자들은 뜨거운 탕 속에 몸을 담갔다. 서로 얼굴만 쳐다보고 맹숭맹숭하게 앉아 있자 그런 것을 잘 참지 못하는 베드로가 먼저 입을 열었다.

"아르키메데스가 목욕탕에 들어갔다가 부력을 발견했잖아요?"

그러자 다른 제자들이 "우~" 하고 탄성을 울렸다. 베드로가 유식한 말을 했다는 것이다. 베드로가 자신도 탕 속에서 뭔가를 발견한 것처럼 예수님께 말했다.

"저도 목욕탕에 들어오니까 그동안 궁금했던 문제가 하나 풀렸어요."

그게 무엇이냐고 예수님이 물으셨다.

"그건 말이죠. 평소에 제자들 중에는 왜 여자가 없는지 궁금했거든요. 만일 여제자가 있다면 같이 목욕탕에 들어가지 못할 테니 어디 제자 훈련이 되겠어요?"

이번에도 다른 제자들이 "우~" 하고 소릴 질렀다.

이번엔 야유였다.

그때 때밀이가 들어왔다. 그는 팬티를 입고 있었다. 제자들은 그 사람을 궁금하게 쳐다보았다. 빌립이 말했다.

"열쇠도 없어."

빌립의 발견은 정말 놀라운 발견이었다. 때밀이는 제자들의 눈에 위대하게 보였다. 안드레가 말했다.

"뭔가 남다른 데가 있어."

제자들은 때밀이가 마치 목욕탕의 지배자인 것으로 착각했고, 조용히 그 사람이 하는 일을 지켜보았다. 욕탕의 물을 갈고 부분적으로 청소하고 정리하는 모습을 보면서 제자들은 점점 더 확신이 굳어졌다. 감히 누가 욕탕의 물을 함부로 빼거나 기물을 만지거나 하겠는가?

예수님과 제자들은 이번에는 사우나를 하러 좁은 룸에 들어갔다. 들어가자마자 질식할 것 같았다. TV 드라마에서 보던 것과는 딴판이었다. 속은 기분이 들었지만 태연하게 버텨보려고 안간힘을 썼다. 사우나 룸에서 나오면서 유다가 말했다.

"지옥에 가면 이보다 더하겠지?"

다른 제자들이 이구동성으로 어쨌든 사우나 룸에는 들어가지 말자고 하면서 다시 탕으로 들어갔다. 그런데 제자들이 존경하던 때밀이가 탕 속의 물을 갈면서 잔뜩 성질이 나 있었다. 왜 그러시냐고 어떤 제자가 묻자, 때밀이는 역정을 내면서 말했다.

"밖에서 때를 밀고 난 다음에 탕 속에 들어가야죠. 보세요. 때가 얼마나 많아요. 내 생전에 이렇게 많은 때는 처음 봐요, 처음."

제자들은 때밀이가 역정을 내긴 했지만 그래도 여전히 경외심을 버리지 않았다. 현대인들은 남의 일에 신경 쓰지 않는다는데 저렇게 청소를 하면서 다른 사람을 위해서 봉사하는구나 하고 생각했던 것이다.

그때였다. 도마가 큰일 났다고 소리쳤다. 열쇠가 없어진 것이다. 제자들은 목욕탕을 샅샅이 뒤졌지만 결국 못 찾았다. 혹시 옷장에 그대로 꽂아둔 채로 나왔을지도 모른다며 우루루 밖으로 나갔는데 그때 도마의 옷장을 누군가가 뒤지고 있는 것을 제자들이 목격하게 되었다. 좀도둑이었다. 제자들이 그를 붙잡았다. 좀도둑은 잘못했다고 빌다가 더럽게 재수가 없는 날이라고 했다. 무슨 소리냐고 도마가 시비를 걸자 좀도둑이 말했다.

“그걸 몰라서 물어요? 옷이라곤 걸레 같고, 소지품이라곤 땅콩 두 개와 동전 다섯 개밖에 없잖아요.”

도마의 자존심이 팍 구겨졌다.

“야 인마, 넌 오병이어도 모르냐? 이 정도면 이 건물도 살 수 있어. 물론 믿음이 있어야 하지만…”

제자들은 그를 혼내주어야 한다고 했다. 그러나 예수님께서 베드로에게 말씀하셨다.

“땅에서 매면 하늘에서도 매일 것이고 땅에서 풀면 하늘에서도 풀릴 텐데…” (‘진실로 너희에게 이르노니 무엇이든지 너희가 땅에서 매면 하늘에서도 매일 것이요 무엇이든지 땅에서 풀면 하늘에서도 풀리리라’라는 마18:18의 말씀을 인용하신 것이다.)

그러자 베드로는 수제자의 권위를 가지고 그 도둑을 풀어주라고 했다. 좀도둑은 거듭 감사하면서 다시는 나쁜 짓 안 하겠다고 약속하고 나갔다.

좀 맹한 데가 있는 베드로는 자기가 왜 그렇게 말했는지 자신도 모르고 있었다. 하지만 한 가지 알게 된 것이 있었다. 그것은 그동안 왜 천국에 열쇠(마16:19)가 있어야 하는지 궁금했는데 사우나탕의 도난 사건을 계기로 알게 된 것이다. 그날 이후 베드로는 천국의 열쇠를 잃어버리지 않기 위해 발목에 매달 고무줄을 마련하고 날마다 점검하는 일을 게을리하지 않았다.

03

찬양 집회

예수님과 열두 제자가 찬양 집회에 참석했다. 수천 명의 젊은이가 모여 있었다. 강단 위에는 거대한 음향 시설이 확 눈에 띄었다. 요란하고 찬란한 음향 시스템이 사람들을 감동시키는 듯했으나 제자들에겐 오히려 주눅 들게 하는 기계장치였다.

교회 정기집회 때와는 달리 아무도 그들에게 관심 가져 주는 사람이 없었다. 사람들은 찬양 인도자의 지시에 따라 손을 들었다 내렸다 하기도 하고 춤을 추기도 했다. 그런가 하면 전혀 모르는 옆 사람이 갑자기 옆 사람에게 형제자매라고 부르면서 사랑한다고 고백하기도 하고 기도를 하기도 했다.

제자들은 도무지 정신을 차릴 수가 없었다. 도마는 지금 어디에 있는지 자신의 위치를 망각하고 안드레에게 물었다.

“지금 이 사람들 뭐 하는 거지?”

안드레가 대답했다. “안 들려.”

도마는 베드로에게 물었다. “지금 뭐 하는 거냐고?”

베드로가 대답했다. “보고도 몰라?”

도마가 다시 말했다. “몰라.”

베드로의 대답은 무지하게 회의적이면서도 간단했다.

“쇼.”

곁에 있던 야고보가 그 얘길 듣고 있다가 흥분했다. “형, 그런 발언은 신성 모독이야.”

그러자 베드로가 다시 입을 열었다.

“저러다가 나가면 뭐 하니? 나가서는 세상 사람들과 똑같이 하고 사는데…”

도마는 전혀 들어 본 적도 없는 찬양곡들을 듣고 있자니 좀이 쑤셔 견딜 수가 없었다. 처음엔 찬양 집회에 참석한 이들을 이해하지 못했었는데 이젠 그곳에 앉아 있는 자신을 이해하지 못했다. ‘내가 지금 뭐 하고 있는 거지?’

그 시끄러운 상황에도 불구하고 빌립은 여전히 졸고 있었다. 집회가 끝날 때도 빌립은 여전히 졸았고, 도마는 여전히 회의적이었다. 사랑한다던 형제자매는 인사도 없이 모두 사라졌고 시커먼 제자들만 곁에 남아 있었기 때문이었다. 제자들은 밤거리를 방황하며, 먼저 나가신 예수님을 기다렸다. 그날따라 유난히 회의적인 도마는 이번엔 왜 주님께서 중간에 나가셨는지 궁금해했고 그 문제로 또 다른 제자들을 괴롭혔다.

유다가 대답했다.

"한적한 곳을 좋아하시잖아?"

빌립이 아직도 졸린 눈으로 대답했다.

"아마 어디서 주무실 거야."

그 밖에도 화장실에 가신 게 아닌가 아니면 은혜가 안 되어 나가신 게 아닌가, 이 사회에 환멸을 느끼시고 하늘나라로 가신 게 아닌가 등등 억측이 난무했다. 그때 예수님이 오셨다. 그리고 어디 갔다 오셨냐는 제자들의 질문에 답변하셨다.

"난 너희들의 찬양과 대화를 다 들었다."

제자들은 부끄러워 말을 할 수 없었다. 주님은 이어서 도마에게 말씀하셨다.

"사랑하는 도마야, 느끼려고만 하지 말고 행하는 자가 되어라. 그리고 건물 안에서만 찬양하지 말고 밖에서도 찬양할 줄 알아야 한다."라고 가르치신 후 모두 한강 망원지구로 따라오게 하셨다. 그리고 그곳에서 벌칙으로 제자들은 밤하늘을 바라보며 음치의 대합창을 밤새도록 연주해야 했고, 그런 제자들을 보시면서 주님은 밤새 즐거워하셨다.

04

스티커 사진

예수님과 열두 제자들이 사진관에서 나왔다. 효과적으로 복음을 전하기 위해 그렇게 한 것이다.

베드로가 예수님께 말씀을 드렸다.

"주님, 만일에 2천 년 전에 이 땅에 오시지 않고 요즘 세상에 오셨다면 훨씬 많은 사람들이 믿지 않을까요?"

예수님께서 반문하셨다.

"왜 그렇게 생각하니?"

베드로가 지론을 폈다.

"요즘 세상이 어떤 세상입니까? 교통과 통신이 발달해서 전 세계의 소식을 안방에서 TV나 인터넷으로 쉽게 접하지 않습니까? 그러니까 복음을 훨씬 빠르게 그리고 널리 전할 수 있잖아요?"

도마가 베드로를 거들었다.

"두고 보십시오. 이제 금방 온 세상 땅 끝까지 복음이 전파될 겁니다."

예수님은 확신에 가득 찬 제자들이 뭘 믿고 그렇게 야단법석을 떠는지는 몰라도 한 번 맡겨보기로 하셨다. 예수님은 "너희들 생각이 성령이 주신 생각이면 좋은 결과가 있을 것이다."고 말씀하실 뿐 복음을 위해 일하겠다는 제자들을 그냥 지켜보셨다.

베드로를 비롯한 열두 제자들은 노방전도만으론 한계가 있다면서, 예수님과 열두 제자가 사진관에 들어가서 찍은 사진을 포스터로 제작해서 공중파 방송과 SNS에 올린다는 계획을 세우고 겁 없이 그 일을 실행에 옮겼다.

그리고 얼마 후에 제자들은 놀라운 결과를 보게 되었다. 아무도 믿어주지 않았다는 것이다. 그래서 제자들은 각 방송사에 왜 예수님 사진을 기사로 다루지 않느냐고 항의를 했다. 그런데 방송사의 응답은 자기네들이 확보하고 있는 사진과 대조해 본 결과 현재 오신 예수님의 얼굴이 너무 다르다는 것이었다.

그래서 제자들은 그동안 예수님의 기사와 사진이 나온 모든 신문, 잡지 등을 수집했다. 그리고 낱낱이 대

조해 본 결과 예수님 사진이 똑같은 것이 하나도 없었다. 한결같이 실재 모습보다 훨씬 잘 생긴 얼굴로 개조되어 있었던 것이다.

하긴 사진기가 발명된 지 얼마 되지 않았고 과거에는 모두 그림이나 글로 남겨진 것들이어서 사람마다 제각각 다를 수밖에 없었다. 그래서 지금까지 예수님의 얼굴이라고 내놓은 자료들은 모두 작가의 의식 속에서 나온 비현실적인 인물화에 불과한 것이다. 그러므로 현재에 진짜로 예수님이 이 땅에 오신다고 해도 세상 사람은 예수님 얼굴을 알아보지 못하고 사실 여부를 확인시킬 방법도 없었던 것이다.

이만저만 실망이 아닌 제자들에게 예수님이 오셔서 말씀하셨다.

"요즘 세상이 어떤 세상이니? 문명이 발달한 만큼 사탄의 세력도 훨씬 빠르고 널리 전파되지 않겠니?"

도마가 예수님께 질문했다.

"사람들이 왜 예수님 얼굴을 왜곡시키셨을까요?"

예수님께서 답변하셨다.

"왜곡시킨 것이 얼굴뿐이겠니? 도마야 요한복음 1장 5절을 기억하니? 빛이 어두움에 비취되 어두움이 깨닫지 못하더라. 그러지 않았느냐? 그런데 너희들은 어떻게 해서 그런 발상을 하게 되었냐?"

도마가 대답했다.

"뭔가를 보여줘야 믿겠다는 사람이 있었거든요. 요즘 세상 사람들은 증거를 보여줘야만 믿습니다."

예수님께서 다시 도마에게 말씀하셨다.

"요즘 세상은 보여줘야만 믿다니 꼭 도마 수준이구나. 보지 않고 믿는 자가 복되다"(요20:29)

도마가 대꾸를 했다.

"그렇지만 보고도 못 믿는 사람보다는 낫지 않습니까? 사진을 보여줬더니 사진은 얼마든지 조작이 가능하다며 안 믿는 거예요. 어른도 아니고 속세의 때가 덜 묻은 학생이었는데 말씀이죠. 한심한 세상입니다."

예수님께서 다시 물으셨다.

"그래, 사진을 갖고 복음을 전하겠다는 계획은 어떡할 거냐?"

그러자 도마가 이렇게 대답했다.

"주님, 더 이상 사진은 믿을 게 못 된다는 것을 알았습니다."

예수님 왈, "사진 같은 건 믿을 수 없다는 세상에 빨리도 적응하는구나?"

새로운 적응 방법에 실패한 도마는 그 답을 요즘 세상으로 돌려보려고 했으나 결국 주님 앞에 자신의 어리석음을 드러내고는 얼굴이 붉어졌다.

예수님의 제자들은 복음을 쉽게 전해 보겠다는 생각을 깊이 반성하고 다시는 요즘 세상의 수단과 방법을 맹신하지 않겠다고 생각했다. 전도는 못할망정 세상에 동화되지는 않겠다는 굳은 결심을 주님께 보인 후에 이 문제는 넘어갔다.

하지만 제자들의 결심은 스티커 사진기 앞에 오자 여지없이 무너졌다. 예수님은 졸라대는 제자들에게 단 한 번만 찍도록 허락하셨다. 그 바람에 제자들은 서로 머리를 들이밀려고 하다가 박치기만 하고 얼굴이 온전하게 나온 사람이 하나도 없었다. 숫자가 12명이나 되니 그게 한 장의 스티커 사진에 온전하게 담기기 어려웠으리라. 그제서야 제자들은 단 한 번만 찍도록 허락하신 것은 예수님이 내린 가벼운 처벌인 줄 간신히 알게 되었다.

05

열두 제자의 이념논쟁

어느 날 신문에 충격적인 기사가 보도되었다. 예수님의 제자들 가운데 좌파가 있다는 것이다. 그리고 어느 신문사는 열두 제자의 좌익 우익 성향을 분석했는데 좌파에 속한 제자들은 베드로, 야고보, 요한, 도마, 가룟 유다, 빌립이었고 나머지는 우파에 속하였다.

제자들은 그 조사를 들여다보면서 의아한 표정을 지었다. 베드로는 그 성질 때문에 사람들이 과격분자로 오해할 수 있다고 생각된다. 또 야고보와 요한은 사마리아에 불덩어리를 떨구자고 했던 발언 때문에 그렇다 치고, 도마는 예수님께서 죽은 나사로를 살리려고 베다니로 가실 때 신변의 위협을 무릅쓰고 "우리도 주와 함께 죽으러 가자"(요11:16)고 제자들을 선동한 적이 있어 그렇다 치고, 유다야 널리 알려진 열심당원이었기 때문에 그렇다 쳐도, 늘 졸고 있는 빌립을 좌파로 분류

한 것은 뭔가 석연찮은 분석이라는 것이다.

보도의 심각성은 여기서 그치지 않았다. 수제자를 비롯해서 제자 삼인방인 베드로, 야고보, 요한이 좌경화되었다면 예수도 분명히 좌파일 것이라는 터무니없는 주장이 제기되었기 때문이다.

더더욱 말도 안 되는 증거자료는 예수님의 발언을 문제 삼았다. "오른손이 하는 일을 왼손이 모르게 하라"는 말씀에서 왼손에 강조점을 둔 말씀이 좌익성향을 암시한다는 것이다. 보도 사실보다도 더 심각한 문제는 어리석은 제자들이 신문 보도를 그대로 믿고 자기들끼리 좌파냐 우파냐 하면서 공방전을 벌이고 있다는 것이었다.

예수님이 제자들과 함께 다니실 때 어느 날부터인지는 몰라도 제자들이 왼쪽, 오른쪽으로 편을 갈라 앉는 것을 아시게 되었다. 분식집에 가도 오른쪽과 왼쪽으로 갈라지고, 전철을 타도 오른쪽에 앉는 제자와 왼쪽에 앉는 제자들이 늘상 같은 사람이었던 것이다.

그 점이 가시화되고 불거져 나온 것은 이번 보도자료를 통해서였다. 그리고 결정적으로 갈등이 표출된 것은 그 신문을 접한 날 제자들이 노방전도를 하던 중

에 빚어졌다.

사거리에서 제자들이 좌측과 우측으로 가자는 의견이 갈라졌는데 바돌로메 입에서 좌파라는 말이 툭 튀어나오는 바람에 그것이 불씨가 되었다. 제자들은 서로 치고받고 난리도 아니었다.

그때 예수님께서 둘로 갈라진 제자들 앞에 나타나셨다. 그리고 멍청한 제자들을 일깨워 주시기 위해서 이렇게 말씀하셨다.

"어디를 가든 너희들은 나의 좌측과 우측으로 나뉘어 앉게 되어있다. 만일 내 좌측에 앉은 사람이 좌파라고 치자 그 제자들을 모두 오른쪽에 앉게 한다면 열두 제자는 모두 나의 오른쪽에 있으니까 너희들은 우파고 나는 좌파니?"

제자들은 할 말이 없었다. 예수님은 이어서 또 제자들에게 각기 거울을 보고 시키는 대로 하라고 하셨다. 제자들은 각기 거울 앞에 서서 자신의 모습을 들여다보고 서 있었고 예수님은 게임 진행자처럼 지시하셨다.

"오른손 들어", "오른손 내리고 왼손 들어."

거울 속에는 좌우의 모습이 반대로 비취기 때문에 제자들은 몹시 헷갈렸다. 그러자 주님이 말씀하셨다.

"좌우도 분간하지 못하면서 무슨 좌파니 우파니 싸

움질이냐?"

제자들은 멍청해졌다. 바돌로메가 예수님께 여쭈었다.

"주님, 그러면 신문과 언론에서 하는 말들이 전혀 근거가 없다는 말씀입니까?"

예수님께서 전봇대를 가리키며 말씀하셨다.

"바돌로메, 여기에다 머리를 박을래? 그건 모두 세상 집권자들이 하는 말이다. 2천 년 전에는 내게 '유대인의 왕'이라고 비웃으며 반역의 누명을 씌우려고 했지만, 21세기 대한민국의 현실에서 나에게 가장 누명 씌우기 좋은 방법은 아마도 이념 색깔을 씌우는 방법이 아니겠니? 날 도와야 할 제자들이 아직도 좌우를 분간치 못하니 어쩌면 좋으냐?"

그때 베드로가 예수님께 여쭈었다.

"그런데 빌립은 왜 좌파로 분류했을까요?"

이유는 매우 단순했다. 예수님은 야단맞고 있는 상황에서도 졸고 있는 빌립을 보라고 손으로 가리키셨다. 빌립의 조는 머리는 자꾸 왼쪽으로 쏠리고 있었던 것이다.

06

사자우리에 들어간 제자들

예수님과 열두 제자들이 동물원에 갔다. 공원 안내도 앞에서 예수님은 제자들에게 몇 가지 주의사항을 말씀해 주셨다. 공중도덕에 대해 잘 모르는 제자들이기 때문에 사람들이 많이 모이는 곳이면 항상 교육시켜야만 했다.

교육이 시작되기만 하면 졸던 빌립도 이날만큼은 말똥말똥한 눈을 뜨고 주변을 탐색했다. 그만큼 이번 사역 장소에 대한 제자들의 기대가 컸기 때문이었다.

물론, 제자들이 기대하는 바는 예수님이 기대하는 것과는 종류가 달랐다. 그들은 예수님의 꽁무니를 따르면서 예수님의 제자가 되길 잘했다느니 하면서 전에 없던 말을 지껄이고 있었는데, 자신들이 무슨 말을 하고 있는지도 모를 정도로 흥분되어 있었던 것이다.

예수님과 제자들은 사람들이 주로 많이 가는 동물 우리로 가기로 했다. 그래야 복음을 효과적으로 전할 수 있기 때문이었다. 그런데 가는 곳마다 이상한 현상을 경험했다. 사람들이 제자들을 피해 슬금슬금 자리를 옮겨가는 반면에 동물들은 예수님과 제자들 주변으로 모여들었다. 이러한 현상에 대해 신비롭게 해석하려는 제자들에게 예수께서 일침을 가하셨다. "목욕 좀 하고 다녀라."

예수님과 제자들이 사자우리 앞에 유난히 많은 사람이 운집해 있는 것을 보고 발길을 옮겼다. 심상치 않은 분위기로 봐서 사고가 생긴 듯했다.

예수님과 제자들이 달려가 보니 사자우리 안에 한 소년이 떨어져서 기절해 있었다. 사자들이 서성대고 있었다. 상황이 다급해지자 사람들은 핸드폰으로 119 구급대에 도움을 요청하기도 하고, 공원 관리인을 부르기도 했다. 어떤 사람은 기도를 하기도 했다.

그때 제자들이 예수님께 여쭈었다.

"어떻게 하실 건가요?"

예수님 왈, "너희가 구해 주어라."

천만뜻밖의 말씀을 듣고 제자들은 왜 자신이 예수님

의 제자가 되겠다고 결단했는지 막심한 후회를 했다. 하지만 드러내 놓고 말하는 제자는 없었다. 그들은 어떻게 행동할지 몰라서 눈치만 보고 있었다. 그러자 예수님께서 다시 말씀하셨다.

"내가 지켜 줄게. 너희 중에 믿음 있는 사람이 가서 저 소년을 구출해 주어라."

그래도 제자들은 믿음 없는 자가 되기 싫어서 벌벌 떨면서도 사다리를 내리고 사자우리 안에 들어갔다.

다행스럽게도 문제가 생기기 전에 도착한 119 대원들이 제자들의 도움을 받아 소년을 들어 올려서 구급대에 싣고 긴급 후송했다. 사자우리에서 나온 제자들은 사람들로부터 박수를 받았다. 들어갈 때는 공포에 떨었지만 나올 때는 마치 영웅이 된 듯이 뽐내고 있었다.

하지만 제자들은 예수님의 한 번의 몸짓에 이내 겸손해졌다. 예수님께서 신고 있던 장화를 벗어서 사자우리 안에 떨어뜨리는 시늉을 하셨기 때문이다. 눈치 빠른 제자들은 금방 알아차릴 수 있었다. 주님의 장화를 주우러 또 한 번 사자우리 속에 들어가야 하는 모험을 반가워할 제자는 없었기 때문이었다.

그 일로 해서 많은 사람이 예수님을 믿게 되었다. 하지만 제자들은 왜 자신들이 우리 안에 들어가야만 했는지 이해할 수 없었다. 예수께서 말씀만 하시면 바다도 잔잔해지는데 그렇게 쉽게 할 수 있는 방법을 두고 자신들을 상당히 어렵게 하는 방법으로 소년을 구출했다는 데 불만이 있었던 것이다. 그러나 제자들이 사자우리에 들어갔을 때, 마치 다니엘이 사자굴(단6:22)에 들어갔을 때처럼 예수님께서 사자의 입을 봉하고 있었다는 사실을 미처 깨닫지 못하고 보였던 태도였다.

불만으로 입이 삐죽 나온 제자들에게 주님이 말씀하셨다.

"아직도 하나님이 하시는 일과 사람들이 해야 하는 일을 구분하지 못하겠니? 역할을 바꾸어 볼까?"

예수님의 말씀을 듣고 제자들은 역할을 바꾼 장면을 상상해 보았다. 예수님께서 소년을 구출하는 동안 제자들이 사자 한 마리씩 붙잡고 있어야 하는 그림을 그리는 일은 오래 걸리지 않았다. 제자들은 모두 고개를 절레절레 흔들었다.

07

예수님이 교단에 서다

IMF가 시작될 무렵의 일이었다. '예수 학교'가 생겼다는 소문을 듣고 학생들이 떼거리로 몰려왔다.

첫 수업 시간이었다. 예수님은 학생들에게 각자 자기소개를 노래로 하라고 하셨다. 처음에는 망설였지만, 나중에는 저마다 먼저 하겠다고 난리였다. 복음송을 부르는 학생도 있었지만, H.O.T.나 god 등이 부르는 최신 유행가가 주를 이루었다.

교실의 시간은 멈출 줄 모르고 신나게 흘러갔다. 다만 공부를 좀 하는 학생들은 약간 지겨운 표정을 보였다. 한 학생이 걱정이 되었는지 질문했다.

"선생님, 공부는 언제 해요?"

예수님이 대답하셨다.

"그 질문은 마치 밭에 보물이 숨겨져 있는데 그것도 모르고 가난하게 사는 농부와 같은 질문이다. 부지런

히 밭을 갈다 보면 보물을 발견하게 될 거야."

그때부터 자연스럽게 토의하는 분위기로 바뀌었다. IMF 시대에 학생들이 취해야 할 자세에 대해 토의하게 되었다. 한 학생이 일어서서 말했다.

"어른들은 '금 모으기 운동'을 하니까 우리들은 '은모으기 운동'을 하죠."

학생들은 "와" 하고 웃었다. 예수님은 한국의 화폐제도가 금본위제도이기 때문에, 또 금이 국제적으로 통용되는 화폐 가치를 갖고 있기 때문에 달러처럼 통용될 수 있지만 은은 그럴 수가 없으니, 금니를 빼내고 은니로 바꾸면 되겠다고 하셨다. 그러자 또 한 번 학생들이 웃었다.

한 학생이 또 질문했다.

"선생님, 천국은 금으로 만들어졌다는데 이럴 때 좀 나눠주시면 안 될까요? 가불 같은 거죠. 하나님의 아들로서 답변을 부탁드립니다."

예수님이 그 학생에게 대답하셨다.

"왜 안 되겠니? 천국은 너희들의 것이다. 하지만 천국의 금을 가져오려면 단 한 가지 방법밖에 없다. 죽어야만 천국에 갈 수 있는데 과연 우리 중에 누가 갈까? 네가 대표로 다녀올래?"

질문을 했던 학생은 얼굴을 붉히고 앉았으며 다른 학생들은 큰 소리로 웃었다. 예수님은 이어서 말씀하셨다.

"그런데 문제는 천국에 간 사람 중에 되돌아온 사람이 없단 말이야. 아마도 거기가 여기보다 더 좋은가봐."

다른 학생이 아부성 발언을 했다.

"일찍이 우리나라가 하나님의 신탁통치를 받았더라면 지금 IMF의 경제신탁통치를 받지 않아도 될 거예요."

예수님이 말씀하셨다.

"하나님 나라는 그의 백성들과의 계약에 기초를 두었다. 이미 언약이 있지 않니? 그런데 하나님과의 협약을 깨뜨린 쪽은 사람들이었다. 지금이라도 그 협약은 유효하니까 지키면 아무 문제없다."

어느덧 수업이 끝날 시간이 되었다. 학생들은 뭔가 좀 실제적인 묘안을 기대하는 듯했다. 마지막으로 질문의 기회를 주자 한 학생이 예수님은 기적을 행할 능력이 있으니까 이 시대에 뭔가 좀 실제적으로 물질적 변화가 있기를 기대한다고 했다.

예수님은 잠시 생각을 하신 후에 함께 기도를 하자고 하셨다. 기도가 끝나고 눈을 뜨자 학생들은 깜짝 놀랐다. 자신의 손이 모두 금으로 변해 있었기 때문이었다. 예수님은 이 길로 당장 은행에 가자고 하셨다. 학생들은 잘못했다고 빌면서 본래대로 되돌려 달라고 졸랐다.

예수님은 부탁을 거절하신 적이 없기 때문에 그들의 소원을 들어주셨다. 그리고 말씀하셨다.

“심지 않은 데서 거두는 법이 없다. 노력 없이 어떤 대가를 바라지 말아라. 감기는 앓을 만큼 앓아야 낫듯이 고통의 시대를 살면서 고통이 없기를 바라지 말고 고통을 이겨나가는 인내심과 지혜를 키워라.”

막 수업이 끝나갈 무렵 수위 아저씨가 와서 종소릴 울렸다. 전기를 아낀다고 손수 나선 것이다. 그 수위 역할을 한 사람은 닭이 우는 소릴 듣고 정신을 차렸던 베드로였다.

08

역사 바로잡기

“이건 교과서에 대한 모독이야!”

열두 제자 중에 도마가 제일 먼저 흥분했다. 제자들은 신문을 보다가 일본의 역사 교과서 왜곡 사건을 본 것이다.

도마의 외침에 야고보가 말했다.

“멍청하긴… 이건 교과서에 대한 모독이 아니고 역사에 대한 모독이야.”

그러자 도마가 야고보에게 물었다.

“그런데 역사가 어떻게 모독 된 거야?”

“그건 말이야, 역사를 거꾸로 돌리면, 과거 일본이 한국과 대륙을 침략한 행위를 정당화하기 위해…”

이쯤에서 다른 제자들은 야고보의 박식함에 감탄하려고 했다. 그러나 이어서 야고보가 말하길 “대륙으로 잇는 철도를 건설하는데…, 음 그러니까 철도역을 한

50개 정도를 지어놓고 5개밖에 안 지었다고 해서 역사 왜곡이라고 하는 것 아니니?" 그러는 것이었다. 제자들의 한숨 소리가 여기저기서 나왔다.

그때 수제자인 베드로가 말했다.

"요즘 한국인들은 도대체 역사의식이 없어. 일본이 역사를 왜곡하는 것도 문제지만, 일본이 무얼 왜곡시키고 있는지조차 모르는 한국 정부와 한국인들이 더 문제야."

베드로는 가끔 자신이 어떻게 그런 생각을 하게 됐는지도 모를 정도로 꽤 괜찮은 말을 한 번씩 할 때가 있었다. 예수님께서 베드로를 칭찬하시자 베드로는 우쭐해졌다. 하지만 예수님은 그다음 이렇게 말씀하셨다.

"너 어디 신문에 나온 거 보고 하는 말이지?"

베드로의 얼굴은 금세 일그러졌다. 하지만 자신도 그 정도의 역사의식은 있다고 변명하면서 왜곡 사건보다도 그에 대응하는 정부와 국민의 태도가 더 중요하다고 강조했다.

"그러면 네가 한번 바른 태도를 보여 봐라."

주님이 이렇게 말씀하시자 베드로는 춤을 추듯 온몸을 뒤흔들어 보이다가 '픽' 쓰러졌다. 그게 뭐냐고 제

자들이 묻자, 베드로는 전위예술을 너희가 이해할 수 있겠느냐고 반문했다. 그렇게 까불던 베드로는 그 벌로 일본대사관 앞에서 조금 전에 보였던 전위예술을 열두 번 더 해야 했다.

아무 말도 하지 않고 있던 유다는 딴 속셈이 있었다. 이 사건을 계기로 한국과 일본 양국에 민족주의에 불을 지펴 분쟁을 야기시키고 그 혼란을 이용해 메시아 왕국을 총칼로 건설해 보겠다는 것이었다. 그래서 자기 나름대로 현 시국에 대한 예수님의 기자 회견과 일본 방문, 그리고 대규모 군중집회 등에 관한 계획을 다각도로 세우고 마침내는 이 땅의 권력 구조를 무너뜨리겠다는 야심을 품고 있었다. 그래서 예수님 곁에 가서 은근히 여쭈었다.

"주님께서 이 땅에 평화를 주러 온 것이 아니라 검을 주러 오셨다고 하지 않으셨습니까?(마10:34) 이제 메시아의 모습을 드러내실 기회가 온 것 같습니다."

그러자 예수님께서 말씀하셨다.

"내 나라는 이 땅에 속한 것이 아니라고 했지 않니?(요18:36) 일본이 백 년도 안 되어 본심을 드러내는 것이나 너희들이 2천 년이 지나도록 여전히 그 자리에서 벗어나지 못하는 것이나 무엇이 다르겠느냐?"

분별없는 제자들은 그래도 일본에 선교하러 가자고 예수님께 졸라댔다. 물론 선교보다는 여행이 목적이었다. 예수님은 그런 철없는 제자들을 보며 울 수도 웃을 수도 없었다.

09

전자오락에 빠진 베드로

예수님과 열두 제자들이 전자오락실에 나타났다. 하지만 게임에 열중한 사람들은 아무도 그 사실을 모르고 있었다. 어두컴컴한 실내는 탁한 공기와 시끄러운 스피커 소리로 가득 차 있었다. 전자오락의 자막은 온통 영어와 일어였고, 스피커에서 나오는 소리도 역시 외국어뿐이었다. 이 국적 불명의 공간에 들어온 제자들은 두려움 반 호기심 반으로 게임을 지켜보고 있었다.

한 어린이가 붙어 앉아 능숙한 손놀림으로 오락기를 조작하고 있었다. 전자오락 화면은 총천연색의 빛을 내며 빠르게 움직이고 있었는데 격투하는 게임이었다. 유혈이 낭자하고 치고받는 장면들이 끔찍했다. 시간이 흐를수록 더 무섭고 강한 적들이 출현했다. 하지만 그 소년은 조금도 두려운 기색이 없었다. 이미 게임에 도사가 되어 있었기 때문에 한 번 동전을 넣었다 하면 한 시간은 너끈하게 갖고 노는 것이었다. 물론 전자오락실 주인이 좋아할 리가 없었다. 그 소년 곁에는 양복 차림에 넥타이를 맨 신사가 전자오락에는 초보인 듯 연신 게임기에 동전을 투입하고 있었다.

제자들은 입이 벌어졌다. 처음에 가졌던 두려운 생각은 없어지고 그 소년의 뛰어난 솜씨에 감탄하고 감동하기 시작한 것이다. 믿음 좋은 베드로가 갈릴리 바다 위를 걸어갔을 때처럼 예수님께 자기도 게임 한 번만 하게 해달라고 부탁드렸다. 예수님은 한심한 눈으로 그를 쳐다보시더니 허락해 주셨다. 신이 난 베드로는 게임을 시작한 지 몇 초 되지도 않아 세 번 다 죽어서 게임이 끝나버렸다.

화가 난 베드로가 화면에 손을 대자 그만 게임 속으로 들어가 버렸다. 제자들은 놀란 토끼 눈을 하고 그 오락기를 지켜보았다. 도복을 입은 사나이가 나타나더니 베드로를 옆차기로 쓰러뜨렸다. 몇 차례 공격을 받은 베드로는 이내 죽어버렸다. 그 장면을 지켜보던 제자 야고보가 달려들어 오락기를 조작했다. 다시 일어난 베드로가 열심히 격투를 벌였지만 결국 다시 녹다운 되고 말았다. 이러다간 진짜 죽게 생겼다며 예수님

을 모셔 왔다.

예수님은 생전 전자오락이라고는 해 보시지도 않았는데 아주 잘하셨다. 처음에는 베드로가 신나게 공격했는데 나중에는 신나게 얻어맞았다. 그런데 이상하게도 죽지 않았다. 계속 맞기만 하는 것이다. 화면 속에 들어 있는 베드로가 제발 좀 살려달라고 애원하면서 손을 내밀었다. 예수님께서 베드로의 손을 잡아 끌어내시니까 베드로가 비로소 현실의 세계로 돌아왔다.

그리고 당연하지만, 예수님께 야단맞았다. "믿음이 적은 자야, 네가 너를 죽도록 놔두겠니?" 그리고 이어서 또 말씀하셨다. "어땠어? 비현실의 세계에 빠져보니 좋냐?” 베드로는 현실이 훨씬 좋다면서 빨리 여길 빠져나가자며 재촉했다. 요즘 세상 사람들은 쉽게 현실로부터 도피할 수 있어서 좋겠다던 다른 제자들은 입을 굳게 다물고 아무 말도 못했다.

전자오락을 하고 있는 소년에게 그의 어머니가 찾아왔다. “이 녀석, 하라는 공부는 안 하고 또 오락실에 왔어?” 야단을 치며 집으로 끌고 갔다. 그 소년은 또다시 현실 세계로 끌려가면서 괴로운 표정을 지었다. 그 광경을 지켜보고 있던 제자들에게 예수님이 말씀하셨다.

“현실과 비현실을 혼동하는 사람이 저 아이뿐이겠냐? 세상에는 정신 못 차린 사람들이 많이 살고 있다. 너희는 이 세대를 본받지 말고 깨어서 기도해라.”

그 순간 베드로가 잠에서 깨어났다. 전자오락실 사건은 모두 꿈이었다. 신년에 마음을 새롭게 갖자면서 주님과 함께 기도하러 산에 올라갔는데 베드로, 요한, 야고보는 신나게 꿈나라를 헤매고 있었던 것이다.

깨어보니 곁에 예수님이 와 계셨다. 그리고 이렇게 말씀하셨다.

“마음은 원이로되 육신이 피곤한가 보구나.(막14:38) 자라 자. 하루를 참되게 살지 못하면 신년이 무슨 의미가 있겠니?”

베드로는 하품을 하면서 신년 다짐을 한 가지했다.
'올해는 절대로 전자오락실에 들어가지 않을 거야!'

10

예수님, 김정은 위원장을 만나다

세상 사람은 신의 아들과 대표적인 무신론자의 세기적 만남에 촉각을 곤두세웠다. 하지만 남북한 정상의 만남과는 대조적으로 이 일은 아주 조용히 비밀리에 이루어졌다.

평양 비행장에 예수님과 제자들을 태운 비행기가 착륙했다. 군인들의 사열이나 북한 주민들이 꽃을 흔드는 환영 따위는 애초부터 계획되지 않았다. 다만 검은색 세단이 나와 있었고, 그 안에는 김정은 위원장이 타고 있었다. 나름대로 최선의 예의를 갖춘 것이었다.

정치 지도자나 경제인을 만나는 것처럼 공식적인 만남을 갖지 않은 것은 나름대로 이유가 있었다. 북한의 대남 긴장 완화, 나아가 평화공존과 통일을 전제로 놓고 볼 때 남한의 20%가량 되는 기독교 신자와 약 80%에 달하는 비기독교 신자들의 갈등을 미연에 방지하자

평 양

는 융통성 있는 배려였던 것이다. 더군다나 북한은 국가 이념상 무신론을 주장하는 나라가 아닌가?

세계에서 가장 폐쇄적인 국가이기에 단연 비행장의 경계는 삼엄했다. 제자들은 혹시 바리새인처럼 예수님을 위협하는 테러 집단이 있을지도 모른다는 생각에 더욱 긴장을 늦출 수가 없었다. 예수님의 만류에도 불구하고 벌써 제자들은 검은 양복에 무전기를 꽂고 경호원 흉내를 내고 있었다. 예수님을 빙 둘러싸고 사방을 두리번거리는 제자들에게 예수님이 말씀하셨다.

"가르치지 않은 건 잘도 배우는구나. 긴장 풀어라, 얘들아."

그때 단 한 발의 총성이 울려 퍼졌다. 그러자 베드로를 제외한 나머지 제자들은 일제히 그 자리에 납작 엎드렸다. 사실 그 총성은 베드로가 문방구에서 구입한 가짜 권총에서 오발로 발사된 것이며 공포탄처럼 그저 소리만 났을 뿐이었다.

예수님은 베드로만 의리 있게 끝까지 경호 책임을 감당하고 있다고 생각하시고 베드로를 칭찬해 주셨다. 저만 살겠다고 납작 엎드리는 제자들에겐 실망이 이만저만 아니셨다. "죽고자 하는 자는 살고, 살고자 하는 자는 죽을 것이다."라고 하시면서 마음을 털어 내셨다.

그런데 사실 베드로는 자신도 모르게 실수로 발사하고서 얼떨떨한 상태로 서 있었던 것인데, 북한의 특수요원들의 생각은 달랐다. 베드로가 테러범이라고 의심하고 재빨리 베드로를 체포하고 다른 제자들을 밀쳐낸 후, 예수님을 호위해 모시고 갔다. 의리와 배짱 좋은 도마만 "왜 이러느냐, 나도 선교 분과 위원장인데, 같은 위원장끼리 왜 못 만나게 하느냐"며 반박했을 뿐, 나머지 제자들은 한마디도 못하고 순순히 물러났다.

예수님과 김정은 위원장을 태운 승용차는 어디론가 사라져 버리고, 제자들은 2박 3일 동안 공항 근처에 마련된 숙소에 감금된 채 예수님이 돌아오시기만을 손꼽아 기다렸다.

일이 그렇게 긴 시간인지 예전엔 미처 몰랐다. 3일 만에 예수님을 만난 제자들은 마치 3일 만에 부활하신 예수님을 만났을 때처럼 기뻐했다. 오직 도마만이 이를 의심했다. 예수님이 세뇌를 당했거나 아니면 진짜 예수님은 감금당하고 가짜를 분장시켜 보냈을지도 모른다며 의심의 눈초리로 예수님을 요모조모 뜯어보다가 결국 또 예수님께 뒤통수 한 대를 얻어맞았다.

도대체 두 사람이 만나서 무슨 이야기를 했는지 몹시도 궁금했던 제자들이 예수님께 앞다투어 여쭈었다. 그러자 예수님은 "거듭나야 한다. 인구절벽으로 경제가 바닥을 쳐야 통일을 하겠구나." 하고 말씀하셨다.

체포됐다 겨우 풀려난 베드로가 반문했다.

"그건 북한을 두고 하는 말씀인가요, 남한을 두고 하는 말씀인가요?"

"베드로야, 네 생각은 어떠냐?"

그러자 베드로는 대답을 못하고 머뭇거렸다.

"거듭나야 할 자는 바로 너 자신이다. 하나님 아버지께선 준비되지 않은 백성들은 가나안 땅에 들이지 않으셨다는 것을 명심하거라."

예수님의 말씀에 제자들은 여태 자신들이 통일을 위한 아무런 준비도 하지 못한 사실을 깊이 깨달았다. 그러나 그렇게 진중한 깨달음에도 불구하고 비행기가 평양 비행장을 이륙하는 순간 제자들은 오로지 평양냉면만 생각하고 있었다.

11

만화방에 간 예수님과 제자들

예수님과 열두 제자들이 동네 만화방에 갔다. 늘 많은 사람에게 노출되어 있는 예수님은 쉴 곳이 필요했다. 옛날에는 산이나 호숫가에 한적한 곳이 많이 있었지만, 요즘에는 산에도 사람들이 우글우글, 강에도 우글우글해서 사람들의 시선을 피하기가 쉽지 않았다.

바글바글한 도시에서는 좀 쉬려고 해도 어딜 들어가야만 하고, 그러려면 돈이 필요했다. 하지만 예수님과 제자들의 주머니 사정은 뻔할 뻔 자가 아닌가? 그래도 비교적 적은 돈으로 오래 버틸 수 있는 곳으로는 만화방이 최고였다. 알뜰한 살림을 맡은 유다의 재치 있는 결정이었다.

다른 제자들은 유다에게 칭찬을 아끼지 않으며 설레는 마음으로 첫 방문을 하였다. 1인당 최하 몇천 원이면 몇 시간을 죽칠 수 있으니 얼마나 좋은가?

예수님은 좌석에 앉자마자 코를 골면서 주무셨는데 열두 제자들은 또 익숙지 않은 환경을 탐색하느라고 얼이 빠져 있었다. 책장에 꽂힌 만화책은 수천 권 아니 만 권은 족히 넘을 것 같았다. 마치 도서관을 방불케 하는 만화의 분량에 제자들은 입을 붕어처럼 벌리는 것으로 경의를 표하고 있었다.

만화 독서에 열중한 학생들이 눈에 띄었다. 과자를 먹으면서 독서 삼매경에 빠져 있는 모습이 마치 유대 랍비처럼 고매하게 보인다고 베드로가 말했다. 일자무식인 베드로는 늘 쉽게 감동하는 버릇이 있지만, 방금 한 발언은 다소 열에 뜬 제자들에게 썰렁한 냉기를 제공하였다.

제자들은 각자 흩어져서 만화를 고르기 시작했는데 왕초보들이어서 책을 고르는 데 많은 시간을 보냈다. 애초에 만화책 한 권을 골라 놓고 수면 보충을 하겠다던 제자들이 오히려 눈에 핏발을 세워가면서 만화책을 들여다보고 있었다. 이미 스승이신 예수님은 주무시고 계시니까 눈치 볼 사람도 없었다. 제자들이 금연석에 앉았기 때문에 비교적 나이 어린 학생들 곁에 앉게 되었는데 그 바람에 좌석이 꽉 찬 느낌이었다.

제자들의 독서는 유난스러웠다. 서로 토의를 하기도

하고 만화를 바꿔보기도 하다가 그렇게 하면 안 된다고 주인한테 야단을 맞기도 했다. 대부분 만화가 열 권 안팎의 장편들이어서 한 권씩만 보기로 했던 약속을 지키

는데 갈등이 생겼다.

제자들이 유다를 회유했다. 딱 한 권씩만 더 보자고 하는 것이다. 유다에게는 공짜가 없었다. 제자들은 간식으로 먹던 비스킷을 제공하기도 하고 기도 당번을 대신해 주기로 타협을 본 제자도 있었다.

한두 시간 정도가 지났을 때 예수님이 깨어나셨다. 모처럼 쉬기도 하셨지만 모처럼 얌전한 제자들을 바라보시면서 편안한 표정이었다. 제자들은 곧 자리를 떠나야 한다는 것을 알았다. 만화방과의 아쉬운 작별을 고하고 한길로 나왔다.

예수님께서 베드로에게 물어보셨다.

"베드로, 뭘 봤니?"

순진한 베드로의 얼굴이 붉어졌다.

"만화책이요"

예수님께서 재미있었냐고 묻자, 제자 베드로는 미주알고주알 얘기하기 시작했다. 야한 장면이 많고 폭력적인 장면도 아주 심각할 정도로 많았다고 역설했다. 사실 내용이야 다 그렇고 그랬다.

제자들은 저마다 문화 평론가라도 된 것처럼 한마디씩 했다. 만화 내용 속에 주술적인 내용과 뉴에이지 문화가 스며 있어서 영적으론 심각한 문제가 있다고 말하는 제자들, 청소년들의 정서에 장애가 될 만한 내용이 많다며 문제를 제기하는 제자들, 일본 만화의 침투로 국적을 잃어버린 만화의 세계에 대해 논하는 제자들 등등 어디서 주워들은 얘기를 막 꺼내고 있었다.

그때 베드로가 박수를 치면서 자신이 놀라운 발견을 했다고 주장했다. 그건 만화방 손님 중에 여자가 없었다는 이야기였다. 베드로가 아무 반응을 하지 않는 다른 제자들을 보고 다시 말했다.

"만화방 손님이 대부분 남자들이라는 것이 놀랍지 않아?"

분위기는 더 썰렁해졌다. 그때 예수께서 말씀하셨다.

"내가 십자가에 달릴 때 끝까지 따라온 사람들은 주로 여자들이었다. 지금 생각해 보니까 남자들은 모두 만화방에 가 있었나 보다."

베드로가 얼굴을 붉히며 말했다.

"에이~ 예수님! 앞으로 저희들의 약점은 말씀 안 하기로 했잖아요?"

예수님께서 답변하셨다.

"그래, 지난 일은 문제 삼지 않을 거야. 다만 앞으로 또 약점 잡히는 일은 하지 말아라."

그날 밤 예수님은 제자들과 함께 밤샘 기도를 하셨다. 그런데 낮에 피로를 해결하지 못하고 만화만 보았던 제자들은 깊은 잠에 빠져버렸다. 예수님은 제자들을 보시고 “마음은 원이로되 육신이 약하구나”(막14:38)

하시었다. 베드로는 그날 밤 유난히 몸부림을 많이 쳤다. 만화방에서 보다만 무협지를 꿈속에서 섭렵하고 있었기 때문이다.

12

베드로 프로젝트

만일 예수 그리스도의 DNA를 추출해서 복제하면 어떻게 될까? 이 위험한 발상이 호기심 많은 유전공학 석학들에 의해 비밀리에 추진되었다.

토리노 수의에서 검출된 AB형의 혈액에서 DNA 염기서열 구조를 바라보던 과학자들은 불투명한 21세기에 예수님의 가르침이 절실히 요구된다는 구실을 먼저 만들어냈다. 그리고 마치 쥬라기 공원에서 보았던 것과 같은 방식으로 토리노 수의에서 DNA 검출에 성공하고 2천 년 전의 예수 그리스도를 복제하였다.

그런데 성공의 기쁨은 오래가지 않았다. 오류가 발생한 것이다. 예수의 수의로 믿었던 토리노 수의는 예수님의 수의가 아니었다. 더 심각한 문제는 복제된 예수 그리스도는 마치 진짜 예수님처럼 초자연적인 이적을 보이는 막강한 능력을 가진 적그리스도였던 것이다.

적그리스도는 가장 먼저 세계 각국의 인터넷 정보망을 장악하고 유럽 공동체의 회원국들을 통제하면서 이내 유럽 공동체의 막강한 지도자로 군림하였다. 그리고 그의 세력은 복음이 전파된 경로와 동일하게 아메리카 대륙과 아시아 대륙으로 확산되었다.

그에게는 13명의 제자가 있는데 세계 각처에서 가공할 만한 무기로 무장하여 거센 공격을 가했다. 그리고 적그리스도는 러시아에 666층의 사령탑을 건설하기 시작했는데, 그것이 완성되면 세계가 적그리스도의 손아귀에 완전히 장악되는 것이다.

그러나 다행스럽게도 예수님의 열두 제자들이 그 사건의 전말을 알아내고 반격에 나섰다. 예루살렘에 777층의 사령탑을 건설하면서 다른 한편으로는 적그리스도의 군사들과 세계 각국에서 접전을 벌이는 동시전이 전개되었다.

처음에 열세에 몰리던 예수님의 제자들에겐 강력한 무기가 절실했다. 그때 불쑥 나타난 지원군은 사도 바울이었다. 바울은 성령의 검을 휘둘러 러시아 땅에 숨어 있는 적그리스도의 진지를 초토화시켰다. 하지만 적그리스도의 제자와 군사들도 그리 만만치는 않았다.

그리하여 세계 도처에 흩어져 있던 복음의 사도들이 예루살렘으로 집결하였다. 소위 아마겟돈 전쟁이 시작된 것이다. 베드로는 천국의 열쇠를 12번 사용할 수 있는데 창고의 자물쇠를 열어 그때마다 필요한 장비와 무기를 꺼낼 수 있었다. 결국에는 예수님이 재림하면서 적그리스도와 사탄의 세력이 완전히 괴멸되었다.

이것은 겨울 방학 동안 베드로가 만들어낸 PC 게임 내용을 요약한 것이다. 이제 21세기에는 문화를 통해 복음을 전해야 한다면서, 잘만 되면 외화 획득으로 애국할 수 있는 기회도 된다고 침을 튀기며 열변을 토하는 베드로, 베드로를 깡무식한 촌놈으로만 알았던 나머지 사도들은 놀라움을 금치 못했다.

방학 동안에 저렇게 진보할 수 있다는 사실이 믿기지 않았다. 그리고 마침내 그들의 시선이 예수님을 향했다. 예수님의 반응이 어떤지 궁금했던 것이다.

예수님은 웃음을 보이시면서 베드로를 칭찬해 주셨다.

"베드로야!"

"예."

"가끔씩 자기 자신에 대해 스스로 놀랄 때가 있지?"

"예."

"21세기 선교의 격전지는 비가시적이고도 총체적인 영역인 문화 분야가 될 것이라는 너의 식견은 훌륭하다. 그리고 PC 게임 프로그램까지 생각해 내다니, 평소 너답지 않게 훌륭하구나. 그 모든 생각과 말은 하나님께서 너에게 주신 것이다."

주님의 칭찬을 들은 베드로는 우쭐해져서 큰 소리로 말씀드렸다.

"주님, 이게 잘 팔리면 큰돈을 벌 수 있어요. 그래서 교회도 짓고, 선교사도 파송하고, 하나님 나라를 위해 크게 쓸 수 있을 겁니다."

그러자 예수님은 정색을 하고 베드로를 꾸짖으셨다.

"사탄아 물러가라! 네가 하나님의 일을 생각하지 않고 오히려 사람의 일을 생각하는구나. 하나님 나라를 돈으로 사려고 생각하느냐?(마16:23) 하나님 나라는 오직 은혜와 진리와 믿음으로 건설되는 것이다."

정초에 나이 값하며 살겠다고 굳게 다짐했던 베드로의 결의는 비참하게 무너졌다. 그래서 그는 다시 다짐하기로 했다. '그래, 나는 새해를 구정부터 다시 시작할 거야.' 그리하여 구정인 설날에 동해안 바닷가에서

해돋이를 기다리는 한 사람이 있었으니, 그는 바로 우리의 호프인 베드로였다.

13

열두 제자가 명동을 휩쓸다

예수님과 열두 제자들이 타조 한 마리를 몰고 명동에 나타났다. 그들의 출현에 가장 민감한 반응을 보인 사람들은 세 부류였다.

첫째는 명동의 조폭들이었다. 어떤 멍청한 똘마니가 신흥세력이 도전장을 내밀고 몰려왔다는 보고를 하는 바람에 오락실, 당구장, 분식점 등에 흩어져 있던 조직원들이 구두 가게 앞으로 속속 집결하고 있었다.

또 한 부류는 패션계였다. 예수님과 열두 제자들의 패션은 색상과 질감과 디자인 모든 측면에서 상상을 초월했기 때문에 앞다투어 교섭 작전을 개시했다.

예수님과 열두 제자는 아무 사정도 모르고 명동거리를 거닐고 있었다. 한 교통경찰이 다가와 진행을 막으며 말을 걸어왔다. 바로 셋째 부류였다.

"이 도로는 우마 도로가 아닙니다. 타조를 몰고 다니

면 안 됩니다."

줄로 타조를 끌고 가던 유다가 말했다.

"이건 애완동물이에요."

이때 한 패셔니스트가 끼어들었다.

"우리 디자이너들과 공동작업을 해서 패션쇼를 가집시다. 타조도 당근 출연시켜야죠. 굿 아이디어입니다."

곁에 선 도마가 이건 우리의 양식이라고 말하려는 것을 유다가 도마의 발을 밟아 제지했다. 유다는 위기에 찾아온 반가운 손님에게 얼굴을 돌리며 경찰의 시선을 피하려 했지만, 경찰은 집요하게 신분증 제시를 요구했다. 이에 예수님께서 경찰 신분증을 먼저 보여 달라고 하셨다. 경찰은 자신 있게 신분증을 꺼냈는데 그게 그만 딱지로 변해 있었다. 구경꾼들은 와 하고 웃음을 터뜨렸고, 망신당한 경찰은 자신의 주머니를 뒤지느라 정신이 없었다.

이번에는 조직 폭력배 이삼십 명가량이 제자들 앞에 나타났다. 베드로만 가만있었어도 폭력 사태가 일어나지는 않았을 것이다. 베드로가 이렇게 말했기 때문이다.

"다 덤벼."

조폭들이 숨긴 무기들을 꺼내고 덤벼들자 그제야 정신 차린 베드로는 예수님께 도움을 요청했다.

예수님은 베드로에게 귓속말로 해결책을 알려 주셨는데 베드로는 인상을 잔뜩 찌푸리고는 결연한 태도로 타조 꼬리에 방울을 매달고 똥침을 가했다. 타조는 미친개처럼 날뛰었는데 마치 무림의 고수처럼 발과 부리로 조폭들을 모조리 때려눕혔다. 그들 중에 똘마니가 도망쳐서 두목에게 보고했다.

"새 중에 가장 무서운 새는 잡새도 아니고, 시방새도 아니고, 알고 보니 타조였습니다, 형님."

예수님과 열두 제자는 한적한 곳으로 갔다. 그리고 마침내 타조알을 받아내는 데 성공해서 프라이를 해 먹었다. 타조알 프라이도 마다하고 베드로는 하루 종일 손가락을 씻으며 투덜거렸다. 그래도 수제자라고 스승을 위로했다.

"세상 사람들이 예수님을 몰라본다고 너무 섭섭하게 생각하지 마세요."

예수님 왈, "그러면 너희들은 날 어떻게 보느냐?"

베드로가 대답했다.

"당근 우리를 구원하실 구세주이시죠."

예수님은 베드로에게 감탄하며 말씀하셨다.

"베드로, 너는 가끔 성령의 감동으로 놀라운 고백을 하는데 평소에는 어쩌면 그렇게 마귀 짓을 하니? 너의 공존하는 양면성을 볼 때마다 그저 감탄할 뿐이다."

14

낙엽으로 변해 버린 돈

예수님과 제자들이 백화점 쇼핑에 나섰다. 세일 기간과 품목을 알리는 각종 플래카드가 현란했다. 또한, 겨울과 크리스마스를 상징하는 그림과 장식품들이 눈길을 끌었다. 백화점처럼 계절에 민감한 곳이 또 있을까?

백화점에 갔다 오면 눈만 버린다는 말을 들은 제자들은 어디서 구했는지 선글라스를 끼고 나타났다. 물론 예수님은 여기서도 장화를 신고 나타나셨다. 백화점은 입구부터 만원이었다. 제자들은 사람들 많은 데 오면 곧잘 흥분했다. 예수님은 흥분하지 말고 복음을 잘 전하라고 신신당부하셨다.

훈련이 시작되었다. 둘씩 짝을 지어 사방으로 흩어지는 제자들을 보면서 예수님은 근심 어린 눈으로 철없는 제자들을 지켜보고 있었다.

예수님 눈앞에 있던 한 아주머니는 물건을 사고 또 사고 또 샀다. 그러다가 물끄러미 바라보고 있던 예수님과 시선이 마주쳤다. 여인은 마치 도둑질하다가 들킨 사람처럼 어쩔 줄 몰라 했다.

그러면서 얼떨결에 자신은 헌금을 하고 있고, 가끔 기부금도 낸다고 더듬거리며 말했다. 예수님은 아무 대꾸가 없으셨다. 그러자 그 여인이 다시 말했다. 자기도 이러고 싶지 않지만 이렇게라도 안 하면 스트레스를 풀 길이 없다고 했다.

예수님이 말씀하셨다.

"네 소원이 무엇이냐?"

그 여인은 질금 눈물을 한 방울 흘리더니 입을 열었다.

"제가 돈을 드리면 나의 외로움을 사 갈 사람이 없을까요? 새로운 인생을 다시 살 수만 있다면 값이 얼마든 상관 않겠어요."

예수님은 길이 있다고 말씀하셨다. 그런데 그 여인은 예수님의 기대에 어긋나는 질문을 계속했다.

"얼마면 돼요?"

예수님은 부자와 거지 나사로에 대한 비유를 말씀해 주셨다.

이번에는 진짜로 감동을 받은 듯했다. 그녀는 예수님의 깨우침에 대해 깊이 감사를 드리며 흰 봉투를 건네주었다. 헌금 봉투였다.

예수님은 하늘을 바라보면서 "아도나이"를 외쳤다. 그 여인은 예수님이 축사하시는 줄 알았는데 실은 탄식을 하신 것이다.

그 순간 돈 봉투는 낙엽으로 변해 버렸다. 그 여인은 낙엽을 쥐고 절규했다.

"내 돈!"

경비원이 쫓아왔다. 그 경비원도, 여인도 결국 돈을 찾을 수 없었다.

예수님과 제자들은 백화점 앞에 구걸하는 거지와 함께 주저앉아 찬밥을 나눠 먹으면서 그날 처음으로 미소를 짓고 있었다. 거의 입은 찢어질 지경이었다.

왜냐하면 깡통 속으로 떨어지는 가로수의 낙엽마다 돈으로 변하고 있었기 때문이다.

제3장

최후의 만찬

01

최후의 만찬

예수님께서 조용한 식당을 빌려 제자들과 최후의 만찬을 하시려고 했다.

처음에 제자들은 그게 무슨 당치도 않는 말씀이냐며 간절하게 뜻을 돌려보려고 했지만, 주님이 한번 정하신 뜻은 쉽게 돌이킬 수 없다는 것을 알고 있는 제자들은 하는 수 없이 주님의 뜻에 따르기로 했다.

예수님이 도착하시기 전에 미리 와 있던 제자들은 애초에 슬픈 표정을 짓던 얼굴을 걷어내고 열띤 논쟁에 빠졌다. 주제는 “과연 누구 지위가 더 높으냐?” 하는 것이었다.

성질 급한 베드로가 제일 먼저 말했다.

“대통령.”

그러자 유다가 반박했다.

“목사.”

베드로의 주장은 대통령실 조찬 기도회 때 보니까 당연히 상석은 대통령이 차지하고 있더라는 것이다. 하지만 유다의 주장은 아무리 대통령이라도 장로가 어떻게 목사보다 상석에 앉을 수 있느냐며 잘못된 일이라고 지적했다. 서로 해답 없는 주장을 열심히 내세우고 있을 때 예수님께서 들어오시면서 베드로와 가룟 유다, 그리고 제자 모두에게 물으셨다.

"그 답을 알려줄까?"

"너희 생각에 예배의 주인이 과연 누구인 것 같냐?"

그때서야 베드로와 유다는 제일 높은 자리는 하나님이 앉으셔야 한다는 것을 깨닫고 부끄러워졌다. 예수님께서 다시 말씀하셨다.

"내가 대답해 주마, 그건 스마트폰이다."

주님의 입에서 나온 단어는 완전히 예상을 빗나간 말씀이었다. 제자들은 머리가 띵! 하며 쓰러질 뻔했다.

예수님이 말씀하셨다.

"예배 시간에 스마트폰 소리가 나니까 얼른 들고 나가서 통화하는 사람들을 많이 보았다. 그러니 스마트폰이 제일 높은 것이 아니고 무엇이겠느냐?"

예수님은 제자들을 향하며 말씀하셨다.

"농담이다. 이제 진담을 말하겠다. 높아지려고 하는

자는 낮아져야 한다. 너희 중에 높아지고 싶은 사람이 있으면 먼저 섬기는 사람이 되어야 한다."

그러자 제자들의 분위기가 숙연해졌다. 아마 주님과 이별하는 것 때문에 마음 아파하는 줄 알고 예수님은 위로의 말씀을 더 하셨다.

"내가 너희들을 고아같이 버려두지는 않을 것이다. 약속한 보혜사 성령이 이미 너희 가운데 있지 않느냐?"

그러나 사실은 그 문제 때문에 숙연했던 것이 아니었다. 제자들이 서로 눈치 보며 예수님께 작별의 선물을 전달했는데 그것이 바로 스마트폰이었기 때문이다. 이번에는 예수님의 머리가 띵했다. 그리고 아무 말씀도 없으셨다.

이번에는 제자들이 진짜 숙연해졌다.

도마가 베드로에게 말했다.

"실수했어. 생각해 봐. 십자가 위에서 어떻게 통화할 수 있겠어? 그러니까 내가 그걸로 하지 말자고 했잖아?"

빌립이 베드로에게 말했다.

"그러다가 다쳐. 가만있자구." 그리고 이번에는 예수님께 말씀드렸다.

"저희는 다만… 하늘나라에 가시더라도 확실하게 연

락드리려고…"

예수님께서 이윽고 말씀하셨다.

"만일 내가 스마트폰을 쓴다면 한 사람 혹은 몇 사람과 통화하는 동안 많은 사람은 나와 불통이 되지 않겠니? 그러니까 과학 기술에 의존하지 말고 누구든지 내 이름으로 구하면 내가 듣고 시행할 것이다."

그때 식당 주인이 주문한 어묵과 떡볶이를 가지고 들어왔다. 눈이 휘둥그레진 제자들에게 주님께서 말씀하셨다.

"떡과 포도주를 기대했니? 실은 중간고사를 한번 쳐 본 거야. 너희들은 아직 멀었다. 불안해서 너희들을 두고 먼저 갈 수가 없구나. 그리고 한 가지 명심해 둘 것은 매일 식사 때마다 그 순간이 나와 함께 하는 최후의 만찬이라고 생각하며 살아라."

제자들은 예수님께 한번 당했다고 생각했지만 그래도 최후의 만찬이 아니라는 것에 안도하는 눈치였다.

그날 떡볶이와 어묵은 평소보다 훨씬 맛있었다.

02

오병이어

열두 제자가 갑작스러운 학구열이 생긴 것은 21세기에 와서 2천 년 전에 몰랐던 성경책을 보게 되면서부터였다. 예수님의 제자들은 도서관에 모여서 열심히 야간자율학습을 하고 있었다. 예수님은 정말로 제자들이 대견스러워서 모두 불러내어 야식집으로 데리고 가셨다. 그리고 순댓국을 13그릇 시키셨다. 그런데 제자들은 아직도 자리를 정하지 못하고 서성대고 있었다. 예수님이 "앉으라." 하셨는데 그 말씀에 순종하는 제자들이 한 명도 없었다. 이유인즉슨 서로 자리다툼 하느라고 주님의 말씀을 귓전에도 두지 않았던 것이다. 상황을 파악하신 예수님은 간단히 분쟁을 조정해 주셨다. "만찬 대열로!" 분위기는 간단히 제압되었지만, 제자들의 마음은 아직도 정돈되지 않은 상태였다. 최소한 순댓국이 나오기 전까지는 그랬다.

예수님께서 요한에게 물으셨다. “너희들 무슨 공부를 하고 있었니?” 그러자 요한이 자랑스럽게 대답했다. “성경 공부요.” 제자들이 도서관에 모여 성경 공부를 했지만 말씀을 배운다는 순수한 의도에서 한 것이 아니라 어떻게 하면 다른 제자들의 흠을 찾아내서 헐뜯을까를 연구한 것이다. 그래서 남을 깔아뭉개고 자신을 높이려는 의도였다. 그러니 서로서로 감정이 좋을 리 없었다. 그런데 요한은 그런 나쁜 의도는 쏙 빼고 좋은 쪽으로만 보고함으로써 예수님께 잘 보이는데 선수를 잡은 셈이다. 그래서 다른 제자들의 심기가 편치 않았다.

잠시 침묵이 흐르고 열 받으면 가장 못 참는 베드로가 질문이 있다며 손을 들었다. 예수님은 또 제자들의 황당한 물음에 골머리를 앓지 않으시려고 범위를 정해 주셨다. "성경 안에서만 해라." 베드로는 원하던 바라면서 마태복음 20장 20절부터 보니까 야고보와 요한 두 형제의 모친 살로메가 예수님을 만나서 자식 중 한 명은 예수님 우편에 또 한 명은 좌편에 앉게 해달라는 청탁을 한 적이 있는데 이건 분명히 치맛바람 아니냐고 따졌다.

그러자 이번엔 가롯 유다가 베드로를 공격하는 발언을 했다. 자기가 그때 없었기 때문에 묻는 말이라며 주님께서 부활 후에 갈릴리에 나타났을 때 베드로의 그물에 잡힌 물고기 153마리를 어떻게 처분했느냐고 베드로에게 따져 물었다. 그러자 야고보와 요한은 유다 편을 들며 말했다. "맞아, 우린 그때까지 공동 전대를 사용했었는데 우리는 153마리 중에 한 마리도 구경 못했어." 그러자 이번에는 빌립이 유다를 따지는 얘기를 했다. "153마리보다 더 큰 게 있지." 그러자 모든 제자들의 시선이 빌립에게로 쏠렸다. 빌립이 말문을 열었다. "왜 있잖아. 오병이어로 5천 명 먹이고 남은 열두 광주리와 4천 명 먹이고 남은 7광주리를 다 어떻게 처분한 거야?"

그 당시 회계를 담당했던 유다는 갑자기 말투를 부드러운 어조로 바꾸어 빌립에게 말했다.

"다 알면서~"

그러자 다른 제자들이 이구동성으로 말했다.

"알긴 뭘 알아?"

이야기는 여기서 멈추지 않았다. 예루살렘 입성 때의 나귀는 어떻게 했으며 세금 문제와 헌금 문제는 어떻게 했는지 성경을 근거로 따지기 시작했다. 요점은 예수님께 잘 보이기 위해서 서로를 헐뜯는 것이었다.

제자들의 이야기를 한참 듣고 계시던 예수님께서 마침내 한 말씀 하셨다.

"너희들은 내가 갓난아기 때 받은 황금과 유향과 몰약의 행방도 몹시 궁금하겠다? 그리고 6항아리 가득 채운 포도주를 다 어떻게 했는지도 궁금하지 않니?"

제자들이 한마디 답변도 못하고 있는데 어색한 분위기를 가르며 순댓국이 나왔다. 예수님께서 말씀하셨다.

"일단 먹고 보자. 먹을 땐 개도 건드리지 말랬잖니?"

그러자 제자들은 순댓국 먹고 나면 우린 죽었다 싶

은 생각이 들었던지 아무도 숟가락을 들려고 하지 않았다. 제자들의 마음을 읽으시고 예수님께서 다시 말씀하셨다.

“염려하지 마라. 오늘 있었던 일은 없었던 일로 해주겠다.”

안도의 한숨을 쉬는 제자들을 향해 이어서 말씀하셨다.

“내가 너희들을 축복해 주고 싶구나, 오병이어 때처럼 음식이 불어나게 해주겠다. 선택해라. 순대가 입속에 있을 때 불어나게 해줄까? 아니면 배 속에 있을 때 불어나게 해줄까?”

그제서야 사태를 눈치챈 제자들은 손이 발이 되도록 빌었다. 그 후로 제자들의 야간자율학습은 간단하게 폐지되었다.

03

빌립의 악몽

빌립이 제대로 꿈을 꾸었다. 그는 꿈속에서 미래의 지구와 만났다. 미래의 세상에서는 각종 인간들로 득실거렸다. 과학의 결정체로 탄생한 완벽한 AI들과 로보캅처럼 신체의 특수부위를 최첨단 기능을 갖춘 기계로 대체한 반인 반로봇의 인간군도 많았다. 그것보다 충격적이었던 것은 유전자 조작으로 사람의 등에 독수리의 날개를 달거나 머리에 아메리카들소의 뿔을 단 사람 혹은 아프리카악어의 꼬리를 지닌 사람도 있었다. 그러한 인간 생체 변형은 마치 머리카락을 염색하듯이 유행처럼 번졌고 그래서 조작되지 않은 순수한 인간을 찾아보기 힘들었다.

공포에 질린 채로 거리를 배회하고 있는 빌립에게 사람들이 다가와서 싼값에 유전자 조작을 해주겠다고 유혹했다. 또 어떤 사람은 인조 날개를 설치하라고 판촉도 했다. 그러던 찰나, 길 한 모퉁이에서 빌립은 에티오피아 내시를 만났다.

빌립은 늘 졸리운 듯한 눈을 비비며 그 사람이 사도행전(신약성경에 나오는 한 권의 책)에서 만났던 에티오피아 내시(행8:27)와 동일 인물인지 확인해 보려 했다. 그러자 에티오피아 내시가 말하기를 그때는 이미 3천 년 전이며 요행히 현대의 과학자들이 자신의 DNA를 찾아내 복제하는 데 성공했다는 것이다. 그리고 자신도 이젠 더 이상 내시로 살지 않아도 되며, 예수님이 말한 부활이란 것이 이런 것이 아니겠느냐면서 오히려 이번에는 빌립을 전도하려고 했다.

빌립은 주님을 찾으러 가야겠다면서 에티오피아 내시의 손을 뿌리치자, 그는 빌립에게 몸조심하라고 했다. 요즘에 교통사고나 폭행 사건으로 신체의 상당 부분을 기계로 대체한 사람 중에 질이 좋지 않은 사람들이 서클을 만들어 다니면서 신체가 한 군데도 조작되지 않은 사람들을 만나면 다리를 부러뜨려 놓거나 해서 가만 놔두지 않는다는 것이다.

빌립이 에티오피아 내시 곁을 떠나자마자 그가 이야기한 그런 종류의 사람들이 빌립을 쫓아 왔고, 빌립은 죽어라 도망치다가 낭떠러지에서 떨어지는 꿈을 깼다.

잠에서 깬 빌립의 눈앞에는 말씀을 전하시는 예수님과 말씀을 듣고 있는 다른 제자들이 보였다.

빌립은 예수님께로 다가가 예수님 손에 못 자국을 확인한 뒤 옆구리의 창 자국을 또 확인하려고 했다. 예수님은 빌립을 밀쳐내시면서 말씀하셨다.

"너 왜 그러니? 날 의심하고 있는 거니?"

그 방면에 선배인 도마가 빌립에게 한마디 했다.

"난 그래도 보고 나서 믿었지만 넌 보고도 못 믿냐?"

간신히 정신 차린 빌립이 예수님께 빨리 이 세상을 심판하시든지 아니면 세상을 떠나든지 하자고 졸랐다. 왜 그러느냐는 다른 제자들의 질문에 빌립은 진지하게 대답했다.

"미래 사회는 다름 아닌 지옥이야, 절대로 가지 말아야 할 곳이다." 그리고 지금 이 현실의 세계가 얼마나 아름다운지 모른다며 하나님이 창조하신 이 아름다운 세계를 잘 보존하며 살아야 한다고 했다. 그리고 인위적인 것은 악하고 인간적인 것이 선하다고 역설했다.

제자들은 그게 무슨 말이냐며 꿈 깨라고 충고했지만, 예수님은 빌립에게 이렇게 말씀하셨다.

"빌립, 너는 은혜 받는 것도 자면서 받는구나. 좋은 얘기다. 앞으로도 조는 것 갖고 뭐라 하지 않을게. 그리고 앞으로 그런 꿈을 자주 꾸도록 내가 도와주겠다."

빌립은 그러지 말라고 빌었다. 그러고도 안심이 안 되었는지 이틀 밤을 꼬박 한잠도 자지 않고 새웠다.

04

예수님이 하산하신 이유

예수님께서는 베드로, 야고보, 요한을 데리고 기도하러 가시고 나머지 아홉 명의 제자들은 신당동 떡볶이집에 들어갔다. 그들은, 떡볶이를 주문해 놓고 기다리고 있는 세 명의 여학생을 볼 수 있었는데, 그때 여학생들이 귀신 점치는 이야기를 하고 있었다. 경험이 많은 한 여학생의 이야기를 두 여학생이 경청하고 있었는데 두 여학생의 반응이 대조적이었다.

한 명은 호기심으로 귀를 기울였고, 또 한 명은 쓸데없는 장난이라고 했다. 그들을 바라보는 제자들의 의견도 서로 달랐다. 한 부류는 마귀들의 세력이 뻗어가고 있는 말세적인 징조라고 하였고, 한 부류는 한때 호기심이 작동한 학생들의 일시적인 문화 현상일 뿐 그렇게 걱정하며 야단법석할 필요가 없다는 것이다. 오히려 매스컴이 지나친 관심을 보임으로 인해서 잘못된

청소년 문화가 확산되는데 일조를 하고 있다는 주장을 늘어놓았다.

하지만 무관심이 대책일 수는 없다고 주장하는 첫째 부류의 제자인 도마가 그 문제의 여학생에게 다가갔다. 그리고 다짜고짜 그 여학생의 머리에 손을 얹고 안수기도를 하기 시작했다. 도마의 모습은 마치 말 타는 사람, 아니 공사장에서 콘크리트 바닥에 구멍 뚫는 기계를 붙잡고 있는 사람 같았다. 온몸을 떨면서 "사탄아, 물러가라!"를 연발했다. 그러자 그 여학생이 그만 자리에 쓰러지고 말았다.

잠시 후 많은 구경꾼이 둘러선 가운데 그 여학생이 깨어났다. 사람들은 과연 예수님의 제자라며 도마를 칭찬했다.

정신이 든 그 여학생이 우쭐해진 도마에게 소리쳤다.

"귀신이 어딨다고 그래요? 아저씨가 갑자기 달려들어 놀라서 기절한 것뿐이에요. 나한테 왜 이러는 거예요?"

머쓱해진 도마는 할 말을 잃었고, 다른 제자들은 도마하고 같이 앉으려 하지 않았다.

떡볶이가 나왔고 구경꾼은 물러갔다. 일단 사태가

진정되는 기미가 보여 다행이었다. 테이블 위의 떡볶이가 맛있게 익어가고 있을 때 어깨가 딱 벌어진 건장한 체구의 사나이가 한 명 들어서면서 그 여학생에게 물었다.

"어떤 녀석이야?"

그 사나이는 그 여학생의 오빠인데 직업이 강력계 형사였다. 도마는 쫄았다. 여차하면 추행 사건으로 붙들려 갈 판이었다.

그런데 곧이어 네 명의 사나이가 들어왔다. 예수님과 세 제자였다. 도마는 낯익은 예수님의 얼굴을 보는 순간 생전 그렇게 반가운 적이 없었던 것처럼 기뻐했다. 예수님이 형사와 여학생의 오해를 풀고 설득해서 돌려보냈다. 그래서 문제가 더 커지지 않았다.

예수님은 아무 말씀도 하지 않으시고 자리에 앉아 떡볶이를 드셨다. 베드로는 세상에 이렇게 맛있는 요리는 처음이라며 감탄을 늘어놓았다. 베드로는 속으로 유치한 생각을 하고 있었다. '산에서 내려오지 말고 초막 셋을 짓고 살자고 했던 것은 큰 실수였어. 예수님이 산에서 내려가자고 한 이유를 이제야 알 것 같군. 이거 때문이었어, 떡볶이.'(마17:1~20 참고)

한편 다른 제자들은 제대로 먹지도 못하고 예수님의 눈치를 살피고 있었다. 유다가 도마에게 귓속말을 했다.

"아까 인터넷에 보니까 너 오늘의 운세가 더럽게 나쁘더라. 더 이상 나빠지지 않도록 예수님 앞에서 잘해."

도마는 입을 꾹 다물고 있어야겠다고 생각했다. 그리고 슬그머니 젓가락을 들고 떡볶이 한 개를 집으려 하는 찰나 예수님의 젓가락이 도마의 젓가락 앞을 빗질러 가로막았다. 그리고 남은 떡볶이 국물 위에 고린도전서 4장 21절이라고 쓰셨다. 도마는 그 구절을 찾아 읽더니 얼굴이 붉어졌다. 나머지 여덟 명의 제자들도 돌려가면서 보고 난 뒤에 아까보다 더욱 조용해졌다.

그 구절에는 이렇게 기록되어 있고, 제자들은 무슨 말씀이 기록되어 있는지 알고 있었다.

"너희가 무엇을 원하느냐 내가 매를 가지고 너희에게 나아가랴 사랑과 온유한 마음으로 나아가랴?"

예수님께서 마지막 떡볶이를 입에 넣으시면서 말씀하셨다.

"대답해 봐. 둘 중에 어느 것이야?"

산 아래 떡볶이집에서 대기 중이던 제자 아홉 명 모두 엄지와 검지를 모아 '러브' 모양을 해 보였다. 두 번째, 즉 사랑과 온유한 마음을 원한다는 것이었다. 아직 한 냄비에 남은 떡볶이는 주인을 기다리고 있었다.

예수님께서 말씀하셨다.

"뭣들혀 싸게 먹드랑게."

제자들은 희색이 만면하여 일제히 떡볶이를 향해 달려들었다.

예수님께서 또 말씀하셨다.

"너희 같은 철부지들이 걱정이 되어서 내가 어떻게 산에서 내려오지 않을 수 있겠니?"

그 말씀을 듣자, 이번에는 베드로의 얼굴이 붉어졌다. 스승의 속 깊은 뜻은 헤아리지 못하고 예수님도 떡볶이 때문에 하산하신 줄 알았던 자신이 부끄러웠던 것이다.

예수님이 베드로의 어깨 위에 손을 얹고 귓속말을 하셨다.

"그렇게 자책할 필요 없다. 그런데 이 떡볶이 맛은 정말 끝내주는구나. 우리를 빼고 저희들끼리 먹으려 했다니… 내가 안 내려올 수 있었겠니?"

오늘의 사오정은 도마가 아니라 또 베드로였다. 다행인 것은 베드로가 속으로 생각했던 것을 예수님만 알고 계신다는 사실이다.

05

사라진 라면

사이좋게 지내던 열두 제자는 먹을 때만 되면 항상 다투었다. 그때마다 제자들은 왜 이렇게 제자를 많이 뽑았냐고 예수님께 여쭈었다. 그때마다 예수님은 이렇게 대답하셨다. "그래야 그중에 쓸만한 제자를 몇 명이라도 건지지 않겠니?" 하지만 진심으로 하신 말씀은 아니었다. 제자들도 그건 알지만, 괜시리 푸념하는 말이 그렇다는 것이다.

한번은 끼니를 해결하기 위해 라면을 끓였다. 자그마치 20개나 끓였는데 그것도 모자라서 다툼이 벌어졌다. 문제의 발단은 도마에게 있었다. 도마는 그 이름 덕분에 주방을 담당해 왔는데 끓는 물에 라면을 넣기 전에 생라면 한 개를 그냥 먹었고, 함께 나눠 먹은 야고보에 의해 비밀이 누설되자 난리가 난 것이다. 부정

부패는 주방에만 있었던 것이 아니었다.

유다는 라면을 구입하는 과정에서 1+1 덤으로 주는 라면을 꼬불쳤다가 조사 과정에서 결국 드러났다. 그 사실을 미리 알았던 안드레는 유다의 부정을 눈감아 주는 대가로 라면 한 개를 선물로 받았고, 라면을 주방으로 운반하던 빌립도 라면 한 개를 슬쩍했다. 식사할 때도 공정성이 없었다는 문제가 제기됐다. 베드로가 수제자라는 권위로 큰 그릇에 제일 먼저 담았는데 나중에 먹는 사람들의 입장이 고려되지 않았다는 것이다. 거의 국물만 마신 요한은 이 모든 비리를 예수님께 고발했다.

예수님은 열두 제자를 불러 모으셨다. 각자 자기의 입장을 충분히 피력하고 타인의 말도 들어 볼 수 있는 기회를 주시기 위해 이 문제를 토론에 부쳤다. 그런데 놀랍게도 아니 별로 놀랍지 않게도 싸가지 없는 제자들의 결론은 또다시 숫자의 문제를 거론하는 것이었다.

열두 제자가 예수님께 여쭈었다.

"사실 12명이면 엄청난 인구 아닙니까? 우리는 왜 12명입니까?"

예수님께서는 별로 화내지도 않고 말씀하셨다.

"너희가 아직도 모르느냐? 이스라엘의 십이지파를 대표하기 위해서지."

물론 여기서 이스라엘은 영적인 나라를 의미하는 단어였다. 그러자 제자들이 대한민국은 팔도니까 8명만 있으면 될 것 아니냐고 했다.

예수님은 미소를 지으면서 말씀하셨다.

"그러면 4명을 잘라야겠군."

제자들의 표정이 복잡해졌다. 하지만 예수님은 계속 말씀하셨다.

"라면 사건의 주범들을 자를까?"

도마, 유다, 안드레, 빌립 등은 숙인 고개를 들지 못했다.

그때 예수님께서 말씀하셨다.

"죄 없는 자(요8:7)가 먼저 4명의 이름을 대보아라."

제자들은 아주 심각해졌다. 자기들의 실수를 자각했을 때 사태는 이미 돌이키기 어려울 지경으로 치닫고 있었다.

잠시 후 예수께서 다시 입을 여셨다.

"아예 스승을 바꿀까? 4명을 자르는 것보다 1명을 자르는 게 낫잖아? 2천 년 전에도 그랬던 것처럼…"

그때에야 제자들은 눈물을 흘리며 회개를 했다. 그

리고 손이 발이 되도록 빌었다.

예수님은 이번 라면 사건을 눈감아 주시기로 하셨다. 그리고 다음과 같은 말씀을 남기셨다.

"제자들아, 이제 먹는 것 갖고 더 이상 치사해지지 말자."

제자들은 늘 문제를 일으켰지만, 예수님은 늘 용서해 주시는 편이다. 그렇기 때문에 예수님과 열두 제자가 지금까지 동행할 수 있는 것이 아닐까?

06

서울역 노방전도

예수님과 열두 제자들이 복음을 전하기 위해 서울역 광장에 나타났다. 시계탑 아래에 모여서 주님의 말씀을 듣고 둘씩 짝을 지어 흩어졌다. 그런데 시간이 지나도 제자들이 돌아오지 않자, 주님께서 제자들을 찾아 나섰다. 하지만 워낙 광장이 넓고 사람들이 많아서 어디부터 찾아야 할지 막막했다. 그러나 제자들이 어디에서 무얼 하고 있는지 뻔할 뻔 자였다. 예수님의 예상은 적중했다.

베드로와 요한은 전자오락실에서 끌려 나오며 중얼거렸다. “예수님 통밥은 끝내준다니까.” 야고보와 안드레는 헌혈차에서 나오고 있었다. 그들은 그나마 선한 일을 했기 때문에 책망받지는 않았다. 하지만 주님과 함께 마태와 도마를 찾아냈을 때 야고보와 안드레

사랑의 밥차

는 자신들의 어리석음을 스스로 질책했다. 마태와 도마는 노숙자들에게 제공하는 무료 식사를 하고 있었는데 주님을 만나자 황급히 일어서는 바람에 마태는 밥을 삼킨 것이 목에 걸렸고, 도마는 재채기를 하는 바람에 밥알이 다 튀어나왔다. 마태와 도마는 쪼그려뛰기를 열두 번 하고 나서 주님의 뒤를 따랐다.

야고보가 그들에게 다가가서 조용히 물었다.

"너네들도 피 뽑았어? 우린 빵하고 우유 주던데… 이럴 줄 알았으면 우리도 밥 주는 데 가서 할 걸 잘못했나 봐."

마태가 대답했다.

"피는 왜 뽑아? 저 밥은 공짜로 주는 거야."

그 말을 듣고 야고보와 안드레는 막심한 후회를 했다.

예수님은 나머지 제자들도 족집게처럼 찾아내셨는데 사람들이 빙 둘러서서 찬양하며 전도하는 곳으로 발걸음을 옮겼다. 그곳에 빌립과 바돌로매가 있었다. 그들은 전도팀으로부터 큰 환영을 받고 있었다. 왜냐하면 전도팀이 전하는 메시지를 듣고 그 자리에서 예수를 믿기로 하고 손을 들어 결단했기 때문이었다. 빌립과 바돌로매가 예수님과 제자들이 다가오고 있는 것을 본 순간 그들의 코앞에 예수님의 장화가 날아오고 있는 것을 보았다. 장화는 한 짝에 한 명씩 정확하게 명중했다. 예수님 왈, "전도하랬더니 전도를 당하고 있어?" 그들은 서울역 광장을 오리걸음으로 한 바퀴 돌았다.

그다음은 시몬과 유다를 찾아냈다. 그들은 종이 상자 위에 세 개의 컵을 올려놓고 눈속임을 하는 도박꾼들 앞에 서 있었다. 돈을 잃고 있던 시몬과 유다는 속임수라며 그들에게 대들었다. 그들 패거리가 많아서 자칫하면 봉변당할 찰나에 예수님이 나타나신 것이다. 그들은 종이 상자를 쓰러뜨리고 도망을 쳤다. 시몬과 유다는 나머지 제자들을 찾을 때까지 손을 들고 벌을 섰다.

남은 두 제자 알패오의 아들 야고보와 가룟 유다가 보이지 않았다. 그들은 대합실에서 자고 있었고, 한참 후 주님께 발견되었다. 열두 제자 모두가 한결같이 엉뚱한 곳에 있었고, 주님은 한심한 제자들을 훈계할 마음조차 생기지 않았다.

예수님은 제자들과 함께 어묵을 먹으면서 그날 일을 정리하셨는데 이렇게 말씀하셨다.

"개 버릇 남 못 준다더니, 너희들은 진짜 문제 덩어리다."

베드로가 얌전하게 말씀을 올렸다.

"개는 주인을 닮는데요?"

그 순간 베드로의 뒤통수가 번쩍였다. 그렇게 해서 그날은 정리되었고, 예수님과 제자들은 복음을 전하기 위해 다른 곳으로 자리를 옮겼다.

07

예수님께서 파마를

현대 문화에 대한 이해가 부족한 제자들을 좀 더 현대화시킬 계획안을 주님께서 내놓으셨다. 우선은 제자들의 외모를 변화시키기로 했는데 그 까닭은 현대인들에게 좀 더 친근하게 다가가기 위해서였다. 하나님은 사람을 외모로 취하지 않고 그 중심을 보시지만, 사람들은 외모부터 보기 때문이었다.

그리하여 열두 제자들은 단체로 미용실에 가게 되었다. 미용사는 요즘 손님이 절반 이상으로 줄어들어 울상 짓고 있던 터에 단체 손님을 맞이하자 입이 쫙 벌어졌다. 그러고는 헤어스타일 책자를 내놓고 자신이 원하는 헤어스타일을 고르라고 했다. 제일 먼저 고른 제자는 성미 급한 베드로였는데 그는 레옹 머리를 선택했다. 유다는 월드컵 스타인 호나우두를 찍는 바람에 빡빡머리가 되었고, 도마는 그만 솥뚜껑 머리를 하고

말았다. 또 시몬은 펑크 머리에 초록색 코팅을 하기도 했는데 결정적으로 모든 제자들을 제압한 스타는 안드레였다. 얼떨결에 파마를 한다는 것이 완전히 아줌마 파마를 하고 만 것이다. 그 바람에 안드레는 제자들의 놀림감이 되었다. 안드레는 자신이 원하던 헤어스타일이 나오지 않았기 때문에 그러잖아도 기분이 상해 있던 터에 놀림을 당하자 미용실에서 먼저 뛰쳐나가 버리고 말았다.

수제자인 베드로가 야고보에게 말했다.

"자네는 한 형제지간이면서 마담이라고 놀리면 어떡하나? 나중에 예수님이 오시면 뭐라고 대답하겠냐?"

베드로는 은근히 예수님께 책망받을까 봐 걱정이 된 것이다. 그런데 베드로의 말을 듣고 진지해진 제자는 단 한 명도 없었다. 베드로가 레옹 머리에다 빵떡모자와 까만 선글라스까지 흉내 낸 모습이었기 때문에 그의 말은 개그로 들릴 뿐이었다.

한편 예수님은 알뜰 시장에 가셔서 제자들의 넥타이를 사서 미용실로 향하던 중 안드레를 만나셨다. 울상이 된 안드레를 위로하시던 주님이 말씀하셨다.

"안드레야, 눈물을 거두고 고개를 들어 나를 봐."

안드레가 눈을 들어 예수님을 쳐다보았다. 예수님은 안드레를 보시고 웃으셨는데 안드레도 역시 예수님의 머리를 보고 웃지 않을 수 없었다. 예수님의 머리도 전형적인 시골 아줌마 파마인 뽀글이가 되어 있었던 것이다. 안드레는 입가에 흘러나오는 웃음을 애써 막아냈다.

스승과 제자 안드레는 같이 그 미용실에 들어섰다. 나머지 제자들은 예수님께서 안드레의 손을 잡고 들어

오시는 걸 보고 숨을 죽이며 주님의 눈치를 살폈다.

예수님께서는 안드레에게 무슨 일이 있었냐고 물으셨다. 그러자 안드레는 미용사가 헤어스타일을 하나씩 골라보라고 해서 자신이 찍은 것이 이것이라며 보여주었는데, 그것은 헤어스타일 책자가 아니고 클래식 음악 잡지였다. 그 잡지에 나온 헨델의 사진을 보고 "이게 괜찮다"고 하는 바람에 그렇게 된 것이다. 그런데 머리가 이렇게 아줌마 머리처럼 될 줄은 몰랐고, 다른 제자들이 자기더러 아줌마 같다고 놀렸다며 어린애처럼 고자질을 늘어놓았다.

그때까지만 해도 야단맞은 아이들처럼 의자에 머리를 숙이고 앉아 있던 제자들이 변명하려고 고개를 들자, 예수님의 헤어스타일이 눈에 띄었다.

이번에도 제일 먼저 웃음을 터뜨린 사람은 베드로였다. 그러자 다른 제자들도 더 참지 못하고 예수님의 헤어스타일을 보고 웃어대기 시작했다. 예수님도 야단을 치실 마음을 가지고 있었는데 제자들이 한 머리 꼴을 보고는 참았던 웃음이 터져 나왔다.

끝으로 옛날 머리를 고집하고 미용을 하지 않은 극보수주의자인 몇몇 제자들도 마침내 웃음을 흘려냈다. 마지막에 그 웃음에 합세한 사람은 안드레였다.

그 웃음은 거리에 나와서도 그칠 줄 몰랐다. 그리고 마치 전염병처럼 그들의 웃음은 이 동네 저 동네로 옮겨갔고, 온 국민이 하루 종일 웃느라고 정신이 없었다.

저녁 9시 TV 뉴스는 까닭을 알 수 없는 웃음에 대해 보도하면서 온 국민에게 이제 그만 좀 웃고 일찍 잠자리에 들라고 당부했는데, 그 말을 하던 아나운서가 웃는 바람에 시청자들의 웃음은 한 시간 더 길어지고 말았다.

08

베드로의 잘못된 봉사활동

제자들이 사회 봉사활동을 하러 나갔다. 물론 점수를 얻기 위해서였다. 베드로는 복잡한 출퇴근길 교통정리를 하는 교통경찰관을 도왔다. 그랬는데 베드로가 신호 조작기를 가지고 장난치다가 그만 일을 내고 말았다. 신호가 원점으로 돌아오는 데 걸리는 시간이 3분 정도 되는 것을 1분으로 바꿔 놓으면 훨씬 교통의 흐름이 빠를 거라면서 그렇게 한 것이다. 그랬더니 교차로 한복판에서 차량들이 뒤엉켜 대혼란을 초래했다.

교통경찰관이 잔뜩 화가 나서 신호 조작기로 가는 동안에 베드로는 자신이 저지른 실수를 만회하기 위해 호각을 입에 물고 교차로 한복판으로 나갔다. 그런데 베드로의 지시를 따르던 두 대의 차량이 그만 베드로 앞에서 충돌을 했다. 운전자들은 차에서 내려 서로 따지고 싸우다가 문제의 장본인이 베드로인 것을 알고는 베드로에게 가서 따지기 시작했다. 베드로는 이럴 때는 그저 달아나는 것이 상책이라며 승용차 지붕 위로 건너뛰며 달아났다. 그때 베드로는 신발 한 짝이 벗겨진 채 달아났고 무사히 지옥과 같은 현장을 벗어났다.

그런데 그다음 날 제자들은 아침 신문을 보면서 입이 딱 벌어졌다. 아수라장이 된 교차로의 장면과 아울러 정체불명의 신발 한 짝이 신문 사진에 나와 있었다. 정작 문제의 발단은 교통 문제였는데 화제가 된 것은 신발이었다. 국립과학수사연구소에서 검사를 마친 결론은 2천 년 전의 팔레스타인 근방의 제품으로 판정된 것이다.

신문사는 현대판 신데렐라를 찾고 있었다. 그리고 자신이 신발의 주인공이라며 신문사를 찾아온 사람이 줄을 잇고 있다는 것이다. 그 사건이 신발에서 2천 년 전의 박테리아를 검출하면서 사태는 더욱 심각하게 되었다. 연일 신문은 대서특필로 그 사건을 다루었다.

"2천 년 전의 유령이 도심 한가운데 출현하다."

"2천 년 유혼"

"한국판 비지터"

등등의 문구들이 지면을 가득 메웠다.

혹은 어느 나라에서 타임머신을 실험했다고도 하고 외계인이 방문했다고도 하는 등 근거 없는 추측들이 난무했다.

베드로는 매일 난감한 표정을 지으며 자신이 저지른 실수의 쓰라린 대가를 치르고 있는데 다른 제자들은 베드로에게 매스컴을 타고 유명해질 수 있는 기회라면서 언론에 출두해 보라고 권했다. 베드로는 버럭 화를 냈다.

"이 정도만 해도 벌써 예수님한테 혼날 일이 엄청난데 매스컴에 얼굴 드러냈다가 무슨 꼴 나겠니? 나 제자에서 짤리는 거 보고 싶어서 그래?"

그때 예수님께서 뒷짐을 지고 나타나셨다.

"베드로야, 무슨 일 있냐?"

그날따라 예수님의 음성은 더욱 다정했다. 베드로는 무릎을 꿇고 울면서 빌었다.

"주님, 제가 죄인입니다. 저를 떠나 주십시오.(눅5:8)

예수님 왈, "갈릴리 바닷가에서 처음 너를 만났을 때를 기억하니? 그때도 너는 지금과 똑같은 말을 했어. 기억나니? 그때나 지금이나 뭔가 좀 달라진 게 있어야 하지 않겠니?"

그 말씀에 베드로는 더욱 마음이 괴로웠다.

"그래서 말인데, 네 신발 한 짝을 사 왔다." 그러시면서 뒷짐 진 손을 푸시자, 운동화 한 켤레가 베드로의 눈앞에 드러났다. "역시 우리 예수님은 짱이야."라고 제자들이 외쳤다. 하지만 제자들의 아부성 발언을 뒤로 하고 주님은 베드로에게 교훈을 주셨다.

"베드로야, 봉사를 하려거든 봉사하는 자세가 먼저 되어 있어야 하지 않겠니? 앞으로는 하나님이 공급해 주시는 힘으로 하거라."(벧전4:11)

예수님은 베드로가 2천 년 전 성경에서 바로 자신이 했던 말씀을 인용해서 베드로에게 되돌려 주신 것이다.

09

열두 광주리의 비밀

예수님과 열두 제자들이 버스를 타고 봄 소풍을 갔다. 산과 강이 보이자 이제 가슴이 확 트인다며 좋아하는 제자들은 어린아이와 다를 바 없었다. 차창 너머로 골프장 건설 때문에 헐벗은 산이 흉측하게 눈에 띄었다. 그뿐만 아니라 그 주변에 생겨난 숙박시설과 식당들이 무질서하게 시야를 흐려 놓았다.

잠시 후 예수님 일행이 탄 버스 옆으로 관광버스 한 대가 지나갔다. 승객은 거의 나이 많은 할머니들이었는데 좌석에서 일어나 뽕짝 사운드에 맞춰 춤을 추고 있는 광경을 목격하게 되었다. 눈이 솔방울만 해진 제자들은 관광버스의 모양과 색깔을 유심히 봐두었다. 그들은 춤추는 차가 따로 있는 줄 알았던 것이다. 혹시 다음에 차를 잘못 타서 춤추게 될까 봐 걱정이 되었던 것이다.

예수님과 제자들은 언덕으로 올라갔다. 중고등학생들이 학교에서 봄 소풍을 왔기 때문에 그곳도 복잡하긴 마찬가지였다. 그래도 좀 한적한 곳에 이르자 예수님은 말없이 사방을 둘러보셨다. 그리고 풀 한 포기까지 낱낱이 뜯어보시며 마치 그들과 대화를 나누는 듯한 시선을 보이셨다.

제자들은 배가 고팠고, 예수님의 침묵을 기다리기엔 좀이 쑤셨다. 참다못한 베드로가 밥 먹자고 주님께 말씀드리려고 하는 순간, 예수님의 두 눈에서 소리 없이 눈물이 솟아 나왔다. 베드로는 하려던 말을 바꾸었다. "주님, 왜 그러세요?" 이윽고 예수님이 말씀하셨다. "네 귀에는 만물이 탄식하는 소리가 들리지 않니? 2천 년 전만 해도 자연만큼은 아름답고 깨끗했다."

그리고 잠시 후에 그곳에서 예수님과 제자들은 환경오염에 관한 열띤 토론회를 가졌다. 온갖 문제들이 거론되었다. 골프장에 관한 것과 한때 문제가 되었던 댐 건설 문제나 일회용품 사용 문제 등, 그동안 제자들이 세상 구경을 하면서 보고 느낀 것들을 기탄없이 쏟아 놓았다.

베드로가 결정적인 말을 꺼냈다.

"주님, 말셉니다. 한 번 뒤집어놔야 합니다. 분부만

△○ 식당

모텔 모텔
모텔
○○ 식당

내리십시오."

예수님께서 말씀하셨다.

"우리들의 싸움은 혈과 육의 싸움(엡6:12)이 아니다. 시장하니 먹을 것을 좀 꺼내봐라."

그러자 제자들은 서로 눈치만 보면서 도시락 꺼내기를 주저하고 있었다. 예수님께서 말씀하셨다. "금식할까?" 제자들은 "아니요." 하면서 준비한 도시락을 꺼내놓았다. 그제서야 예수님은 제자들이 왜 주저했는지 그 이유를 아셨다. 온통 일회용품 일색이었던 것이다. 예수님은 딱 한 말씀만 하셨다. "말세군!"

식사가 끝난 뒤 제자들은 그 벌로 주변에 있는 쓰레기를 주워 모아야만 했다. 생각 외로 쓰레기가 많았다. 구석구석에 버려진 것들을 다 주워 모으니까 열두 광주리나 되었다. 제자들은 그때 오병이어의 사건을 상기했다. 그때도 열두 광주리가 남았기 때문이었다. 우연의 일치라며 제자들은 아주 신기하게 생각했다. 그리고 오병이어의 사건과 연관되는 의미를 캐보려고 애썼다.

그들의 얘기를 듣다가 도무지 안 되겠다고 생각하신 예수님께서 말씀하셨다.

"생각해 봐, 너희들 모두 몇 명이냐?"

제자들이 대답했다.

"열두 명이요."

예수님이 다시 말씀하셨다.

"그렇지. 한 사람 앞에 한 광주리씩 담으면 항상 열두 광주리야. 제발 숫자의 비밀에 빠진 신비주의자처럼 굴지 말아라."

10

땅 밟기 하던 날

예수님께서 천국 복음을 전파하라고 하시며 제자들을 세상으로 파송하셨다. 제자들은 어디에서 배웠는지는 모르지만, 기가 막힌 선교 프로그램을 도입해서 써먹었다. 그것은 일명 '땅 밟기'였다. 아마도 구약의 여리고성 함락 사건에서 유래한 프로그램인 것 같은데…. 4인 1조가 되어 3팀으로 나눈 뒤 자기들이 복음을 전할 지역을 매일 아침 한 바퀴씩 돌았다. 각 팀의 팀장은 베드로, 야보고, 요한이 맡았다.

베드로 팀은 큰 빌딩을 선택했다. 많이 걷지 않고도 큰 것을 얻겠다는 속셈이었다. 야고보 팀은 고급 주택가를 선택했다. 헌금을 많이 할 사람을 전도해야 한다는 계산이었다. 또 요한 팀은 도심에 있는 큰 불교 사찰을 선택했고. 그곳을 무너뜨린 후 교회를 짓겠다는 계획이었다.

6일 동안 그들은 아무 기대를 하지 않았다. 성경에도 여리고성이 무너질 때 6일 동안은 아무 기미도 없었기 때문이다. 그래서 제자들은 오히려 6일 동안 아무 일도 일어나지 않기를 기대했다.

그들이 기대하지 않아도 아무 일 없었다. 무슨 일이 일어나겠는가? 그런데 마지막 날 그들은 잔뜩 기대에 부풀었다. 뭔가 여리고성이 무너지는 것과 같은 기적이 일어날 줄로 믿고 숨을 죽이며 돌았다. 일곱째 날에는 7바퀴를 돌아야 했다. 여리고성 함락 때도 그랬던 것처럼… 그런데 마지막 한 바퀴를 돌 때 각 팀마다 전혀 예상 밖의 일을 만났다.

먼저 베드로 팀은 일곱 바퀴 도는 동안 무료함을 메우기 위해 이야기하다 보니 테러에 관한 이야기를 하게 되었다. 세계 어느 곳도 이젠 테러의 대상에서 제외될 수 없을뿐더러 북한은 테러 국가로 인정되어 한반도는 매우 테러 가능성이 높은 국가라면서 자기들끼리 겁주고 겁먹고 있었다. 그러다 보니 어느새 마지막 한 바퀴를 다 돌고 원점으로 돌아왔을 때 베드로가 동작을 멈추더니 모두 엎드리라고 소리쳤다. 나머지 세 제자뿐만 아니라 지나가는 시민들도 모두 바닥에 엎드렸

다. 도마가 바닥에 엎드린 채로 베드로에게 물었다.

"왜 그래?"

"지뢰 밟았어."

순간 모두 엎드렸다. 베드로의 목소리는 가늘고 떨렸다. 잠시 후에 인근 파출소에서 경찰이 왔다. 주변에 있는 시민들을 모두 대피시키고 난 뒤에 베드로에게 다가가서 발밑을 살펴보았다. 의심스러운 표정을 짓던 경찰관은 베드로에게 발을 들어보라고 했다. 베드로는 순교를 각오하고 발을 들었다. 그 순간 뻥 하는 소리에 베드로는 기절했다. 사실 그 소리는 지나가는 화물차 바퀴가 펑크나는 소리였다. 베드로가 밟았던 것은 병뚜껑이었다.

야고보 팀은 넓은 주택가를 선택하는 바람에 일곱 바퀴를 도는 데 상당히 많은 시간이 걸렸고, 네 명의 제자는 거의 모두 지쳐 버렸다. 마지막 남은 한 바퀴를 도는 중에 갑자기 야고보가 소리를 질렀다. 나머지 세 명의 제자들도 따라서 소리를 질렀다. 여리고성 함락 때도 일곱 바퀴 다 돌고 난 뒤에 백성들이 일제히 외치자, 성이 무너졌던 것을 그들은 잘 알고 있던 터라 그렇게 고함을 질렀던 것이다.

세 제자가 모두 소리를 지르고 있는데 야고보는 주

저앉아 신발을 벗고 있었다. 유다는 야고보가 요령을 부리는 줄로 생각했다. 그 꼴을 참고 봐줄 수 없었던 유다는 발로 야고보의 발을 걷어차면서 말했다.

"넌 왜 안 해?"

그러자 야고보는 비명에 가까운 소리를 질렀고 다른 제자들도 따라서 더 크게 외쳤다. 뭔가 잘못되었다는 걸 알아챈 유다가 야고보에게 말했다.

"아직 반 바퀴 남았는데 왜 여기서 소리치는 거냐?"

그러자 야고보가 손가락으로 자기 발바닥을 가리키면서 "못을 밟았어."라고 신음하듯 말했다.

나머지 한 조인 요한 팀에서도 문제가 있었다. 요한 팀은 사찰을 돌면서 적개심에 불타는 군인들처럼 씩씩하게 돌았다. 그런데 일곱 바퀴째 가서 갑자기 지리멸렬해지더니 빌립만 남겨 놓고 각기 뿔뿔이 흩어지고 말았다.

후에 예수님이 제자들을 한 자리에 불러 모으셨다. 먼저 야고보 팀이 보고했다. 야고보 팀의 제자들은 표정이 별로 좋지 않았다. 야고보는 다른 사람들 눈치를 보다가 마지못해 입을 열었다.

"못 밟았어요."

다른 조에서 제자들이 분개하면서 야고보를 힐난했다.

"아니 그러면 7일 동안 땅 밟기 안 하고 뭐 했어?"

베드로의 물음에 야고보는 똑같은 대답을 할 수밖에 없었다.

"못 밟았다니까."

예수님께서 베드로 팀이 먼저 보고하라고 하셨다. 그러자 야고보에게 흥분했던 베드로는 갑자기 말까지 더듬으며 어영부영 넘기려고 했다. 그러자 도마가 대신 보고를 했다.

"주님, 저흰 엄청난 체험을 했어요. 정말로 빌딩이 무너지는 줄 알았어요."

베드로가 도마의 입을 막으며 그를 저지하려고 했는데 예수님은 베드로에게 병뚜껑을 내보이시면서 도마의 입에서 손을 떼라고 하셨다.

예수님은 마지막으로 요한 팀에 기대를 거셨다. 요한은 잔뜩 찌푸린 인상을 하고 있다가 졸고 있는 빌립을 흔들어 깨우며 자기 대신 보고하라고 했다. 모든 제자들의 시선이 빌립에게 모아졌다. 빌립은 아무런 거침없이 그날 있었던 일을 간단하게 보고했다.

"땅 밟기 하다가 개똥 밟았어요."

예수님은 제자들에게 말씀하셨다.

"땅 밟기는 어디서 배웠니?"

그러자 제자들은 요즘 다 그렇게 한다고 입을 모아 얘기했다. 그러자 예수님은 다시 말씀하셨다.

"하나님 음성을 듣고 했니 아니면 너희들 임의로 했니?"

제자들은 침묵했다.

"그런 원칙이 다 통한다면 테러범들이 제일 먼저 배웠을 거야. 난 너희들을 밟아주고 싶다."

제자들은 두려움에 떨었다. 최근에 예수님 겨울철 장화에 스파이크를 달았기 때문이다. 하지만 그 다음에 이어진 주님의 음성은 평소에 제자들이 가장 감동하며 그리워하던 음성이었다.

예수님 왈, "하지만 오늘은 특별히 봐주겠다. 발 닦고 잠이나 자거라."

11

여의도 집회와 안드레의 꿈

여의도 광장에 수십만 명의 인파가 운집했다. 예수 그리스도의 말씀을 듣기 위해서였다. 예수님은 여느 부흥사처럼 큰 목소리를 내지 않으셨다. 마치 시냇물 흐르는 소리처럼 그분의 음성은 잔잔했지만, 군중은 미동도 하지 않고 경청했다. 단지 철없는 아이들이 자전거를 타고 노는 모습이 멀리 보일 뿐이었다.

예수님의 말씀이 전파되는 동안 수천수만 대의 자동차들이 지나갔고, 수십 대의 비행기가 하늘 위를 지나갔다. 어느새 해가 서쪽으로 기울며 황금빛을 내기 시작했다. 하지만 집회는 계속 이어졌고, 사람들은 자리를 떠날 생각을 하지 않았다.

수십만 명의 무리는 대부분 기독교인이었는데, 아마도 그들은 교회에서 흔히 그러하듯이 축도나 주기도문을 해야 집회가 끝나는 줄로 생각했는지도 모른다.

시간이 그렇게 많이 지난 사실을 알게 된 것은 사람들의 배 속에서 신호가 왔을 때였다. 그즈음에 군중들은 2천 년 전 디베랴 호수 가에서 있었던 오병이어의 기적을 연상해냈다. 그리고 예수님의 제자들에게 그때의 상황을 재현해달라고 간곡히 부탁했다.

"넌 어떻게 생각하느냐?"

예수님께서 빌립을 시험하시기 위해 물으셨다. 빌립이 생각할 때 지금은 2천 년 전과는 상황이 전혀 다르기 때문에 어려울 것 같았다. 5천 명이면 모르겠지만 약 50만 명이나 되는데 자칫 실패라도 한다면 오히려 하나님의 영광을 가리울지도 모른다는 불순한 생각을 한 것이다.

예수님은 "너희가 가진 것을 보여라."고 하셨다.

그때 군중 가운데 한 사람이 가져온 것이 있었다. 오백 원짜리 다섯 개와 천 원짜리 두 장이었다. 안드레가 그것을 주님께 갖다 드리자 군중들은 박수치며 좋아했다. 무슨 일이 벌어질까 상상하는 것만으로도 즐거웠기 때문이다.

그런데 그 상상하던 일이 실제로 벌어졌다. 돈이 점점 불어나는 것이 아닌가! 사람들은 배고픈 줄도 몰랐다. 계속해서 돈을 나눠 갖기에 정신이 없었다. 제자들은 엄청나게 큰 광주리를 12개 준비하며 입가에 흐르는 미소를 감추지 못하였다. "나머지는 다 우리 것이다"라며 노래 부르고 있었다. 자전거를 타던 아이들도 자전거를 내버리고 무리에 합류했다.

얼마나 정신이 없었던지 해가 저물고, 가로등이 켜지고, 조명등이 광장을 밝히고 있는 것도 몰랐다. 심지어 예수님께서 무리를 떠나시는 것조차 알지 못했다.

그러다가 무리 중 한두 사람 사이에 시비가 붙었다. 그때부터 여기저기서 다툼이 일어나기 시작했다. 낮이 밤으로 바뀌듯 어느결에 사람들은 나누던 것을 잊고 끌어모으기 시작한 것이다. 그러다 보니 돈은 점점 줄어들었고, 다툼이 일어나 여의도는 아수라장으로 돌변했다. 치고받는 싸움이 벌어졌고 서울 전역의 기동 경찰들이 속속 모여들었다.

안드레는 빈 광주리를 높이 들고 외쳤다. "안 돼!" 열두 광주리는커녕 단 한 광주리, 아니 단 한 푼도 남지 않을 것이기 때문이다.

안드레의 외침에 세 명의 제자가 크게 놀랐다. 여의도 광장 따스한 햇볕을 받으며 가로수 주변에 둘러앉아 제자들이 예수님의 가르침을 받던 중에 안드레가

50000
50000

그만 졸다가 꿈을 꾼 것이다. 그가 "안 돼."라고 외치며 잠에서 깨어날 때 같이 졸던 빌립이 졸다가 눈을 크게 떴고, 베드로는 주머니에 숨겨뒀던 초콜릿을 몰래 꺼내 먹으려다 얼른 손을 뺐다.

한편, 가룟 유다는 2부 순서로 자전거를 타기로 되어 있어 미리 자전거 대여를 하는 중이었는데, 단체 할인받은 금액을 장부에 기록하지 않고 공동 전대에서 살짝 꺼내어 자기 지갑에 몰래 넣으려던 찰나였다. "안 돼."라는 소리에 모두 화들짝 놀란 것이다.

예수님께서 안드레에게 물으셨다.

"안드레야, 뭐가 안 되니?"

자기 소리에 놀라 잠이 깬 안드레가 어물어물하자, 주님께서 대신 수습을 해주셨다.

"재물과 하나님을 겸하여 섬길 수 없다는 거지?"

그러자 안드레는 그게 바로 자기가 하고 싶었던 말이라고 대답했고, 제자들은 안드레가 허둥대는 걸 보며 한바탕 웃었지만, 사실은 모두 속으로 뜨끔했다.

12

예수님의 교육법

어느 고등학교 어머니회 모임에서 예수님을 초청하여 세미나를 갖기로 하였다. 예수님을 믿지 않는 학부모도 많이 있었지만, 제자교육에 일가견이 있으신 예수님에 대한 소문이 세상에 파다했기 때문에 별문제가 없었다. 사실 그런 이유보다도 유명한 사람을 가까이서 한번 보고 싶은 마음이 더 큰 이유였을 것이다.

학교 강당에는 일찍부터 나온 어머니들이 수다를 떨고 있었다. 어디 가서 또 그러겠냐마는 온갖 멋을 다 부리고 나온 어머니들, 그들이 예수님에 대해 관심 있는 줄 알았더니 정작 그들의 관심사는 자식들의 성적에 있었다. 예수님은 세미나를 하시면서 학생들의 전교 석차를 다른 기준으로 매겨 발표하셨다. 그 기준이라고 하는 것이 다음과 같은 내용이다.

첫째, 남을 불쌍히 여기는 마음을 가졌는가?

둘째 자기 자신의 감정을 잘 다스릴 줄 아는가?

셋째, 자연을 아끼고 사랑하는가?

넷째 노래방 점수가 어느 정도 나오는가?

다섯째, 인생의 참다운 멋을 아는가? 등등이었다.

그 일은 물론 큰 문제가 되었다. 그 결과가 학업성적과 석차와는 완전히 다르게 나왔기 때문이었다.

하지만 대부분의 어머니들이 크게 감동된 바 있었다. 진정한 교육이 무엇인지 생각해 보게 된 많은 어머니들이 자녀들을 학교와 학원으로 내몰기만 했고, 자기 자식을 교육할 권리를 스스로 포기한 것을 반성하고서는 학교 야간 자율학습 시간이나 학원으로부터 자녀들을 탈출시키는 시도를 했기 때문이었다. 교육의 본질은 잃어버리고 껍데기만 남은 현실에서 그 일은 단번에 뉴스가 아니 될 수 없었다. 그리고 매스컴에서는 앞다투어 그 일을 기사화하기도 했다.

그러자 제자들이 들떠서 예수님께 아부성 발언을 하기 시작했다.

"이제서야 세상이 예수님을 인정하기 시작한 것 같습니다."

그러자 예수님께서 말씀하셨다.

"너희는 예루살렘에 입성할 때 '호산나'를 부르던 이

스라엘 백성들이 빌라도 앞에서 나를 십자가에 못 박으라 외치던 일을 기억하지 못하느냐?"

사실 그랬다. 얼마 지나지 않아서 매스컴도 다른 뉴스거리를 찾아냈고, 학부모들도 언제 그랬냐는 듯이 다시 학생들을 학교와 학원으로 내몰았다. 그리고 고액 과외도 또다시 성행했다. 이번엔 제자들이 분노하면서 예수님께 대중들에 대한 회의적인 발언을 늘어놓았다. 물론 그 분노성 짙은 발언도 아부성 발언의 일종이었다.

제자들의 마음을 읽으신 예수님께서 말씀하셨다.

"너희들은 전교 석차를 내지 않으니까 학생들과 학부모들의 심정을 모를 거야. 석차 내는 것이 얼마나 사람의 피를 말리게 하는지 우리도 한번 해볼까?"

그러자 제자들은 정색을 하며 예수님께 사정사정했다. 그리고 석차를 내는 대신 고백의 시간을 갖고 각자의 고백을 털어놓기로 했다.

제자들 중에는 교육 도피를 하려고 외국으로 나가려 했던 사람이 3명, 컴퓨터에 중독된 사람이 4명, 변장해서 클럽을 출입하는 사람이 2명, 먹고 노는 일에만 관심 있는 자가 2명, 마지막 1명은 그저 아무 생각 없이 사는 자였다. 그 결과를 앞에 놓고 근심 어린 표정으로 들여다보던 예수님께서 한참 후에 입을 여셨다.

"생각했던 것보다는 양호한 편이야."

그러자 아무 생각 없이 산다는 제자가 히죽 웃었고, 이어 다른 제자들도 다 따라서 히죽거리기 시작했다.

예수님께서 제자들에게 말씀하셨다.

"니고데모에게 했던 말을 기억하느냐? 너희부터 먼저 거듭나야겠구나."

예수님도 웃음을 참으며 하신 말씀이었다. 하지만 엉터리 같은 제자들을 끝까지 믿어보기로 하신 마음은 변함이 없으셨다.

13

인사동에 가신 2천 년 전 예수님

인사동, 그 유서 깊은 동네에 예수님과 제자들이 나타났다. 마치 현대식 주택에 고가구를 들여놓은 듯한 부조화를 느끼면서도 여전히 본래의 빛깔을 잃지 않고 구석구석에 놓인 골동품 같은 가게 또는 카페나 갤러리가 제 몫을 하고 있었다. 그러나 예수님과 제자들 눈에는 골동품들이 최신형으로 보였고 감탄을 자아내기에 부족함이 없었다.

골동품 가게 주인은 이들이 골동품의 진가를 아는지 아니면 아는 척하는지 구분이 되지 않았다. 즉 진품을 보여야 할지 아니면 바가지를 씌워도 될 사람인지 쉽게 판단이 서지 않았다.

예의 그 옷차림 때문에 가게 주인이 예수님께 물었다.

"도대체 어디서 왔수?"

“저는 나사렛 예수라고 합니다.”

그러자 골동품 가게 주인이 야릇한 미소를 띠며 농담 섞어 말을 건넸다.

“댁도 골동품이군요.”

“족히 2천 년은 되었지요.”

“그러면 이런 물건들이 골동품으로 보이지도 않겠군요?”

골동품 가게 주인은 이제 귀찮아졌다. 물건 팔아 줄 사람으로 보이지 않았던 것이다.

그때였다. 형사가 불쑥 나타나서 주인과 몇 마디를 주고받더니 갑자기 주인이 당황하는 태도를 보였다. 사연인즉슨 본의 아니게 장물을 취급했다는 혐의를 쓰게 된 것이다.

예수님이 그 형사에게 귓속말로 말씀하셨다.

“당신도 그때 해 먹은 거 있잖아?”

이번에는 형사가 몹시 당황했다. 갑자기 자신이 저지른 죄상이 영상처럼 다 보였던 것이다. 그는 주님 앞에 무릎을 꿇고 회개했다.

이제 당황했던 형사는 법정에 선 피고처럼 보였고 예수님은 재판장처럼 보였다. 순식간에 상황이 역전되었다.

예수님은 형사의 죄를 사해 주셨다. 그리고 권면과 함께 그를 돌려보냈다.

"다시는 권력의 시녀가 되지 말고 백성의 지팡이가 되시오."

골동품 가게 주인은 자신이 물건을 볼 줄 알아도 사람 볼 줄 아는 눈이 없었다며 예수님과 제자들을 극진히 대접해서 보냈다. 장난기 심한 베드로가 예수님께 농담조로 말했다.

"예수님은 역시 골동품 가게에 오니까 진가를 발휘하시는군요."

예수님 가라사대, "너희도 나를 골동품 취급하려느냐? 복음의 진가는 때와 장소를 가리지 않는다."

14

압구정동에서 종이비행기를 날리는 예수님

예수님과 제자들이 지하철 3호선을 타고 압구정역에 도착했다. 내리자마자 제자들이 서로 옥신각신했다. 잘못 내린 것이다.

한쪽으로는 늘어선 아파트가 보이고 또 한쪽으로는 늘어선 상가들이 보였다. 회색 도시가 검붉어지고 있었다. 자동차들이 미등을 켜기 시작했고, 퇴근길의 발빠른 동작 속에서 대도시의 또 다른 얼굴이 깨어나기 위해 꿈틀거리고 있었다. 그것은 마치 거대한 고래수염 사이를 드나드는 겁 없는 작은 물고기들의 움직임처럼 보였다.

예수님은 고래 뱃속에 사흘 동안 갇혀 있다가 극적으로 살아난 요나를 떠올렸다. 그리고 유대인에게 "너희들에게 보여줄 표적은 요나의 표적밖에 없다."고 하

시끌시끌
압구정동 로

쿵작쿵작
○○ 노래방

셨던 말씀을 다시금 상기했다. 그것은 예수님의 죽음과 부활에 대한 예시였는데, 그때나 지금이나 아무도 상관 하지 않는 듯했다. 어디선가 영화 〈지붕 위의 바이올린〉의 주제 음악이 들려왔다.

"sun rise, sun set~"

예수님의 눈에서 비가 오고 있는 것을 제자들은 모르고 있었다.

그들은 골목으로 접어들었다. 이제는 제법 어둠이 인공조명을 빛내고 있었다. 옷 가게, 미용실, 피부 관리센터, 피트니스, 성형외과, 카페, 노래방 등 여러 가게가 자신의 조명으로 간판과 거리를 밝히고 있었다.

마치 컬러 펜으로 낙서한 듯한 거리를 걸으며 제자들은 또 한 차례 다투고 있었다. 누구 때문에 여기 오게 되었느냐는 것이다. 아까는 잘못 왔다고 시비더니, 이제는 서로 자기 덕에 좋은 구경을 하게 되었다며 다퉜다.

거리에는 엠지세대 아이들의 파격적인 외모가 시야를 어지럽히고 있었다. 더 이상 어찌해 볼 수도 없는 패션들이었다. 입 벌리고 멀거니 쳐다보고 있던 제자들에게 예수님이 물으셨다.

"너희가 지금 무엇을 보느냐?"

어떤 제자가 여기가 바로 천국이라고 했다. 하지만 어떤 제자는 지옥이라고 했다.

예수님이 또 물으셨다.

"그러면 천국과 지옥의 차이는 무엇이냐?"

누가 백지 한 장 차이라고 했다. 그러자 다른 제자가 잘난 척하며 핀잔을 주었다.

"바보야, 그건 천재와 바보의 차이잖아."

"그러면 넌 뭐라고 생각하니?"

예수님의 묻는 말에 그 제자는 얼떨결에 대답했다.

"여긴 돈만 있으면 천국이고, 돈 없으면 지옥입니다."

분위기가 썰렁해졌다. 제자들은 예수님의 답변을 기다리고 있었다.

예수님은 한 제자에게 장화를 벗어 주며 어디 가서 물을 좀 떠 오라고 하셨다. 그러고는 길바닥에 앉아서 화구를 꺼내놓고 그림을 그리기 시작했다.

신세대 아이들의 갖가지 모습을 화폭에 담아내셨다. 헤어컬러와 스타일, 미니스커트와 볼륨, 미끈한 각선미 등 기가 막힌 솜씨로 그려내고 계셨고, 제자들은 그 솜씨에 감탄하고 있었다.

그런데 화폭에 담긴 사람들의 몸은 살아있지만, 또

얼굴은 웃고 있는데도 불구하고 눈은 죽어 있었다. 표정이 없고 상어 눈처럼 전혀 움직임이 없었다. 마치 가면무도회의 마스크와 진열장의 마네킹을 보는 듯했다. 미술에 전혀 조예가 없는 제자들의 눈에도 충분한 충격이었다. 유다가 물었다.

"이 그림을 어떻게 하실 건가요?"

예수님은 대답 대신에 행동으로 보여주셨다. 종이비행기를 만들어서 날렸다. 신비롭게도 그 종이비행기는 아니 그림은 멀리 날아가서 강 건너에 떨어졌다. 가룟 유다는 속으로 생각했다. '그림을 팔았더라면 주린 배도 채우고 가난한 사람들에게도 나눠 줄 수 있었을 텐데….'

그때 베드로가 예수님 장화에 담긴 물감 푼 물을 바닥에 쏟는 바람에 앞에 서 있던 유다의 옷에 구정물이 튀었다. 유다에겐 그날이 압구정동이 아니라 앞 구정물 튀는 날이었다.

예수님과 제자들은 미련 없이 그 자리를 떠나기로 했다.